言鹿集

(上)

许丽莉 著

中国书籍出版社

图书在版编目（CIP）数据

言鹿集：上、下册/许丽莉著.--北京：中国书籍出版社，2021.9
　ISBN 978-7-5068-8626-0

Ⅰ.①言… Ⅱ.①许… Ⅲ.①诗集—中国—当代 Ⅳ.①I227

中国版本图书馆CIP数据核字（2021）第178142号

言鹿集（上、下册）

许丽莉　著

责任编辑	朱 琳
责任印制	孙马飞　马 芝
封面设计	山水悟道
出版发行	中国书籍出版社
地　　址	北京市丰台区三路居路97号（邮编：100073）
电　　话	（010）52257143（总编室）　（010）52257140（发行部）
电子邮箱	eo@chinabp.com.cn
经　　销	全国新华书店
印　　厂	明玺印务（廊坊）有限公司
开　　本	880毫米×1230毫米 1/32
字　　数	204千字
印　　张	12.625
版　　次	2021年9月第1版　2021年9月第1次印刷
书　　号	ISBN 978-7-5068-8626-0
定　　价	69.00元（上、下册）

版权所有　翻印必究

总　序

　　上海作家许丽莉,这次出版诗集《言鹿集(上、下册)》,颇让我吃惊!一是八年时间创作五本著作、三本诗集、两本小说。在文学界有了不小影响,可谓成绩斐然。二是感谢她对我的信任,把5本书稿交付于我策划出版并发行各大书店,这份信任更是让我感动。感动之余,总想写点什么,于是,就有了下面的三言两语。

　　如果说第一本小说《风筝,从这里起飞》是学生时代对于生活的懵懂感悟,是生活细节的捕捉;《落阳残梦》则是借助历史背景,在创作中开始思考人性,各种冲突矛盾交织的西晋八王之乱下的爱恨情仇,权力争夺……说不清道不明,令人深省;现代诗歌集《盎然》是她对于情感、生活、工作的感悟之作,充满了斗志与信心,宛如一朵盛开在朝阳下的花朵,春意盎然。而在刚刚过去的2020年,新冠肺炎疫情肆掠之下,作者作为医务工作者，又提笔记录身边同事们的英勇果敢，终成数万字的纪实文学，分别发表于人民日报、文汇报、学习强国等诸多重要媒体；继而，今年又出版《言鹿集》。

许丽莉常用笔名"筱欣奕奕"，字"言鹿"，寓意像小鹿一样轻盈灵动。《言鹿集》写所见所感及所学，分为上下册，上册为古体诗词，下册为现代诗歌。言：始见于商代甲骨文，其本义一般认为是说话，引申指所说的话，或者所说、所写的一个字、一句话。这些意义还存在于"言论、言语"等词语的义素中。鹿：鹿在中国通常被视为道家文化中的一个吉祥物，道教神仙南极仙翁的坐骑就是一只白鹿，而事实上，不只在道家，鹿与我国传统的儒释道文化都具有深厚的渊源。从儒释道文化到神话传说，从神话传说到文化经典名著，在中国文化中，处处都可以看到鹿的身影，其范围之大、历史之久、典故之精，都让人惊叹。鹿幽居山林，逐食良草，安于自然，极具恬净的气息。有一成语"鹿衣牧世"，往往被用来比喻有才能的隐士，虽隐于山林，但其高尚的情操仍能影响天下。

她的古体诗词，相比一些老气横秋的作品，我更喜欢她的灵动轻盈。这个时代，是伟大的时代，一切都在高速发展，在工作以外能够静守心扉、安于创作，是难能可贵的。

　　她的二十四节气诗词，让人再次领略古诗词的魅力，作者创作的不同角度和学识。例如她创作的时候就融合了医学、药名等。当然也有以纪实手法，如《浪淘沙令·白露》："窗外雨泠泠，风亦穿堂，哗哗树上去声忙。早起阶前多旧叶，似有微霜。　洗漱齿唇凉，又待添衣，新茶煮暖道云长。春去秋来更一载，短句成行。"上片写景，是所见，"去声忙"很生动，也出新；下片叙事，没有抱怨，坦然面对。《立夏》："时晴时雨催天暖，一季山茶落水清。静夜城中人未醒，绿丛深处有蛙鸣。"这种诗很难写，也很难出新，但作者的灵动在于把文字简单化，语言婉转灵动，清新自然，虽处都市，依然能感受到那份盎然的诗心。《百年伟业四首（一）》："凭栏满目山河碎，腐朽王朝尽怆然。铁骑战盔燃烈火，青眉布衣起波弦。千方苦觅翻新法，万卷勤研覆旧田。红日东方更欲晓，镰轮相映画新篇。"这首七言诗，读来令人沧然泪下，遥想旧山河，破败不堪，而今中国腾飞，是多么令人感动，也更应思考，是谁创造了今天的中国！？《中西大医》："岐黄峻道藏瑰宝，古往医司去病忙。百草亲尝除恶疫，千方苦炼济苍茫。横刀柳叶寻奇术，携手中西问药囊。义胆忠肝相照护，杏林花木愈隆昌。"

巧妙地融合了多个医学专用名词，中西医结合，抱着同等和平常心对待。

再看现代诗《立春》："这便是春的铃声／正在此刻，叩响心扉／轻轻地这一叩／携起一缕风／风过处，一些／从冬日的霾里／落下的／烟灰色的尘／便散去了／空气和阳光／因此愈发澄明和温暖／就像你／望向我时的目光，和唇边绽开的笑颜"。起句便不同凡响，出新。整首以"春的铃声"铺述开来，顺畅，一气呵成！如同爱情，相识、相知、相爱，从平淡到热恋，再到婚姻。诗歌物我两界，言物而抒情，这是心声，也是美好的开端。《雨水》："用雨水取代冰雪，比如用温和取代冷酷。"这是作者的一颗诗心、爱心、怜悯之心。"瞧，河又开始渡人了。"河因有了雨水可载舟渡人，但如果是简单地渡河，那就过于片面和狭隘了，诗人一语双关，渡的是人心与因果。《我们在乎你》《我们，在这里》等都是充满正能量的诗歌，写的是医务工作，救死扶伤，祖国哪里需要就去哪里的奉献精神。《垂丝海棠》娓娓道来，托物言志，对于美好的事物，"欣赏"便是上天最好的恩赐，不惊，亦不扰。

诗集中，作者将日常所思所感付诸笔端，其中的一大亮点是，用现代诗、填词、五言诗和七言诗，共四种形式，将二十四节气完整呈现。以现代80后诗人的视角，解读中国传统节气里的诗意。另一亮点是，诗集中有一卷，名为"医文相依"，作为医务工作者，作者用诗歌形式来写"医"，包括读写"医药学"名词、对医务人员、医务工作的歌颂思考等。使医学更有温度，更贴合情感，也为促进医疗行业贴合深入大众内心起到了一定积极作用。

今日是五一假期，也是立夏节。而我，不用去远方。煮一壶好茶，静静地品读《言鹿集》，感受书中的四季轮回，红尘阡陌，还有诗人对情感的描写，多么美好，多么惬意……

她的古体诗词运用朴实的语言，如乐天之法，妇孺可懂；又如柳永将敷陈其事的赋法移植于词，同时充分运用俚语俗语，将适俗的意象铺叙、平淡无华的白描等独特的艺术个性发挥得淋漓尽致。特别是四种方式创作的二十四节气诗词，这种集于一身的创作，才华横溢。在创作上，她往往有出新的句子，这是难能可贵的。但我想对她提更高地要求：古体诗词中词要委婉，绝句要灵动，五言律诗讲究古味，七言律诗讲究对仗、厚重等。因此，从诗词的创作技巧、艺术角度来说，还有不少提升的空间。

她的现代诗歌相比古体诗词，则更有细腻的情

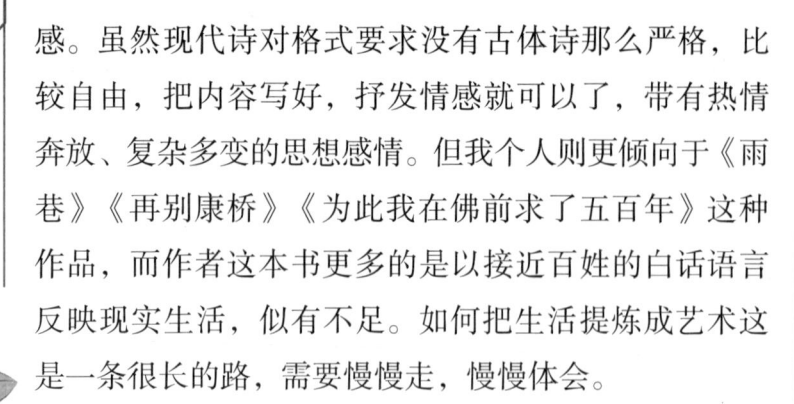

感。虽然现代诗对格式要求没有古体诗那么严格，比较自由，把内容写好，抒发情感就可以了，带有热情奔放、复杂多变的思想感情。但我个人则更倾向于《雨巷》《再别康桥》《为此我在佛前求了五百年》这种作品，而作者这本书更多的是以接近百姓的白话语言反映现实生活，似有不足。如何把生活提炼成艺术这是一条很长的路，需要慢慢走，慢慢体会。

无论新诗还是旧体诗，唐朝诗人卢延让的《苦吟》可谓心声，"莫话诗中事，诗中难更无。吟安一个字，拈断数茎须。险觅天应闷，狂搜海亦枯。不同文赋易，为著者之乎。"还有杜甫说："老来渐于诗律细，语不惊人死不休。"我想，我们都一样，都还是一只奔跑的小鹿，在觅食中成长；那就让这只小鹿奔跑吧！奔跑于丛林，奔跑于山川小溪，盼望带给我们更多不一样的风景。

以上浅见，是以为序。

黄莽

辛丑年立夏于北京

目录

卷一
纸笺节气

廿四节气·词

浣溪沙·立春 …………………………… 003
卜算子·雨水 …………………………… 004
如梦令·惊蛰 …………………………… 005
相见欢·春分 …………………………… 006
长相思·清明 …………………………… 007
虞美人·谷雨 …………………………… 008
清平乐·立夏 …………………………… 009
虞美人·小满 …………………………… 010
浪淘沙令·芒种 ………………………… 011
清平乐·夏至 …………………………… 012
鹧鸪天·小暑 …………………………… 013

卜算子·大暑 …………………………………… 014

生查子·立秋 …………………………………… 015

浣溪沙·处暑 …………………………………… 016

浪淘沙令·白露 ………………………………… 017

采桑子·秋分 …………………………………… 018

南乡子·寒露 …………………………………… 019

江城子·霜降 …………………………………… 020

天净沙·立冬 …………………………………… 021

采桑子·小雪 …………………………………… 022

相见欢·大雪 …………………………………… 023

卜算子·冬至 …………………………………… 024

减字木兰花·小寒 ……………………………… 025

鹧鸪天·大寒 …………………………………… 026

廿四节气·五言诗

立　春 …………………………………………… 027

雨　水 …………………………………………… 028

惊　蛰 …………………………………………… 029

春　分 …………………………………………… 030

清　明 …………………………………………… 031

谷　雨 …………………………………………… 032

立　夏 …………………………………………… 033

小　满 …………………………………………… 034

芒　种	035
夏　至	036
小　暑	037
大　暑	038
立　秋	039
处　暑	040
白　露	041
秋　分	042
寒　露	043
霜　降	044
立　冬	045
小　雪	046
大　雪	047
冬　至	048
小　寒	049
大　寒	050

廿四节气·七言诗

立　春	051
雨　水	052
惊　蛰	053
春　分	054
清　明	055

谷　雨…………………………………………… 056
立　夏…………………………………………… 057
小　满…………………………………………… 058
芒　种…………………………………………… 059
夏　至…………………………………………… 060
小　暑…………………………………………… 061
大　暑…………………………………………… 062
立　秋…………………………………………… 063
处　暑…………………………………………… 064
白　露…………………………………………… 065
秋　分…………………………………………… 066
寒　露…………………………………………… 067
霜　降…………………………………………… 068
立　冬…………………………………………… 069
小　雪…………………………………………… 070
大　雪…………………………………………… 071
冬　至…………………………………………… 072
小　寒…………………………………………… 073
大　寒…………………………………………… 074

卷 二
遇见芳华

卜算子·咏菊……………………… 077

采桑子·雪梅……………………… 078

点绛唇·知秋……………………… 079

浣溪沙·兜率天宫………………… 080

减字木兰花·散步………………… 081

浪淘沙·学习……………………… 082

南乡子·拾步……………………… 083

如梦令·粉黛乱子草……………… 084

十六字令·茶……………………… 085

相见欢·题仕女图………………… 086

虞美人·武陵源…………………… 087

浪淘沙·凤凰古城………………… 088

太虚幻境…………………………… 089

怡红院……………………………… 090

潇湘馆……………………………… 091

蘅芜苑……………………………… 092

稻香村……………………………… 093

栊翠庵……………………………… 094

舫　屋……………………………… 095

栖　鸟……………………………… 096

喜予花事………………………………………… 097
仙都鼎湖峰……………………………………… 098
秋遇杨家宅……………………………………… 099
陈望道译共产党宣言…………………………… 100
黄浦码头………………………………………… 101
参观国歌馆……………………………………… 102
金　山…………………………………………… 103
新场游…………………………………………… 104
夏　荷…………………………………………… 105
游　园…………………………………………… 106
唐　镇…………………………………………… 107
夕　阳…………………………………………… 108
吴泾印象………………………………………… 109
金领谷…………………………………………… 110

卷　三
时光缝隙

蝶恋花·崇聚…………………………………… 113
满庭芳·除夕…………………………………… 114
念奴娇·读明清短篇小说……………………… 115
念奴娇·译共产党宣言………………………… 116
沁园春·纪念留法运动百年…………………… 117

青玉案·青蒿素（中华新韵）……… 118
清平乐·贺母校甲子生辰……… 119
清平乐·神州同贺新春……… 120
清平乐·庆生……… 121
水调歌头·旗袍……… 122
乌夜啼·夜思……… 123
西江月·辛丑元夕……… 124
踏莎行·抗击新冠……… 125
虞美人·庚子中秋……… 126
虞美人·于庚子除夕……… 127
乌夜啼·琴……… 128
谒金门·棋（新韵）……… 129
忆江南·书……… 130
浣溪沙·画……… 131
浪淘沙·诗……… 132
醉花间·酒……… 133
江南春·花……… 134
长相思·茶……… 135
点绛唇·玉……… 136
黄金茶……… 137
约　秋……… 138
医　心……… 139
百草贺生辰……… 140

画　语…………………………………… 141

垃圾分类………………………………… 142

早　春…………………………………… 143

金鸡报春………………………………… 144

贺辛丑牛年……………………………… 145

盼君还…………………………………… 146

明澍春暖………………………………… 147

国庆（中华新韵）……………………… 148

玉兰花开………………………………… 149

元宵前夜………………………………… 150

贺新春…………………………………… 151

己亥正月初一…………………………… 152

六味地黄丸……………………………… 153

平林秋织………………………………… 154

石库门记忆二首………………………… 155

友　聚…………………………………… 157

中西大医………………………………… 158

抗新型冠状病毒………………………… 159

元　夕…………………………………… 160

百年伟业四首…………………………… 161

卷一 纸笺节气

廿四节气·词

浣溪沙·立春

细柳盈盈念季真，
春风二月欲萌辰。
新颜不日又缤纷。

辗转秋冬寻暖韵，
问君何事锁眉唇。
青云长在水长坤。

卜算子·雨水

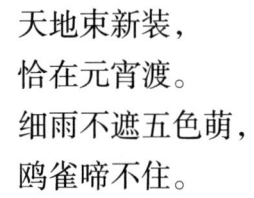

天地束新装，
恰在元宵渡。
细雨不遮五色萌，
鸥雀啼不住。

昔日百花丛，
将惹常回顾。
却看寒梅俏立枝，
是把春来护。

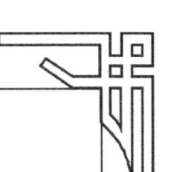

如梦令·惊蛰

芳草连开庭院,
燕雀争歌堤岸。
近望水波时,
忽闻雷光响颤。
云散,云散,
天地更添璀璨。

相见欢·春分

春风甚解英红,
过花丛。
更绿横滨堤岸,
汇长虹。
日上郭,
月下阁,
握天穹。
鹰鹊涂添生趣,
唤苁蓉。

长相思·清明

雨垂丝,
胜玉丝。
桃李含棠站绿枝,
黛樱朵朵栖。

到今期,
又佳期。
闹市寻来春草矶,
小童争绿衣。

虞美人·谷雨

缤纷满目群英妒,
由任春将驻。
奈何草色又深深,
细柳低垂流水聚长吟。

一瓢取次花间饮,
新事茶中浸。
樟红飘落覆青桐,
氤染霞波一季又匆匆。

清平乐·立夏

炎炎尚早,
信步闻芳草。
雨水连绵穷灌道,
秧谷频频问好。

忽闻童笑声言,
蛋包争挂胸前。
阿斗秤花磅体,
获求福乐延年。

虞美人·小满

微风轻拂江河畔,
白鹭携鱼看。
直冲明月挂长空,
方道光阴一日又苁蓉。

芳间石绿多重瓣,
夏籽还不满。
小蚕围茧做新绸,
更垒人间衣锦一层楼。

浪淘沙令·芒种

文火煮青梅，
细雨窗轩，
英雄酒里尽无言。
且看今时谁论说，
却见炊烟。

饮一勺清源，
饯送花神，
红楼拾步上阶栏。
夏日金芒正抖落，
稻麦贪欢。

清平乐·夏至

流苏垂布,
拾履迎门去。
浓绿穷遮宽叶路,
正是江南多雨。

举伞轻怨淋衣,
人说雨似才思。
还道云开当日,
名揭金榜之时。

鹧鸪天·小暑

烈日舒袖收雨钟，
苍茫天地尽颜红。
燕鸥垂目水中立，
蟋蟀低眉待晚风。

炎炎日，又相逢，
平心和顺越从容。
健脾祛湿正当是，
却莫贪凉醉酒盅。

卜算子·大暑

烈日挂琼霄，
庐外人声静。
知了枝头不肯歇，
流水无鸿影。

卷地风忽来，
白雨徒惊醒。
一阵轻寒落满城，
问否秋将境？

生查子·立秋

晚风戏树梢,
忽报秋来到。
浓绿出新黄,
日浪更烟渺。

餐台瓜果香,
解暑还当了。
待过不多时,
层染林间告。

浣溪沙·处暑

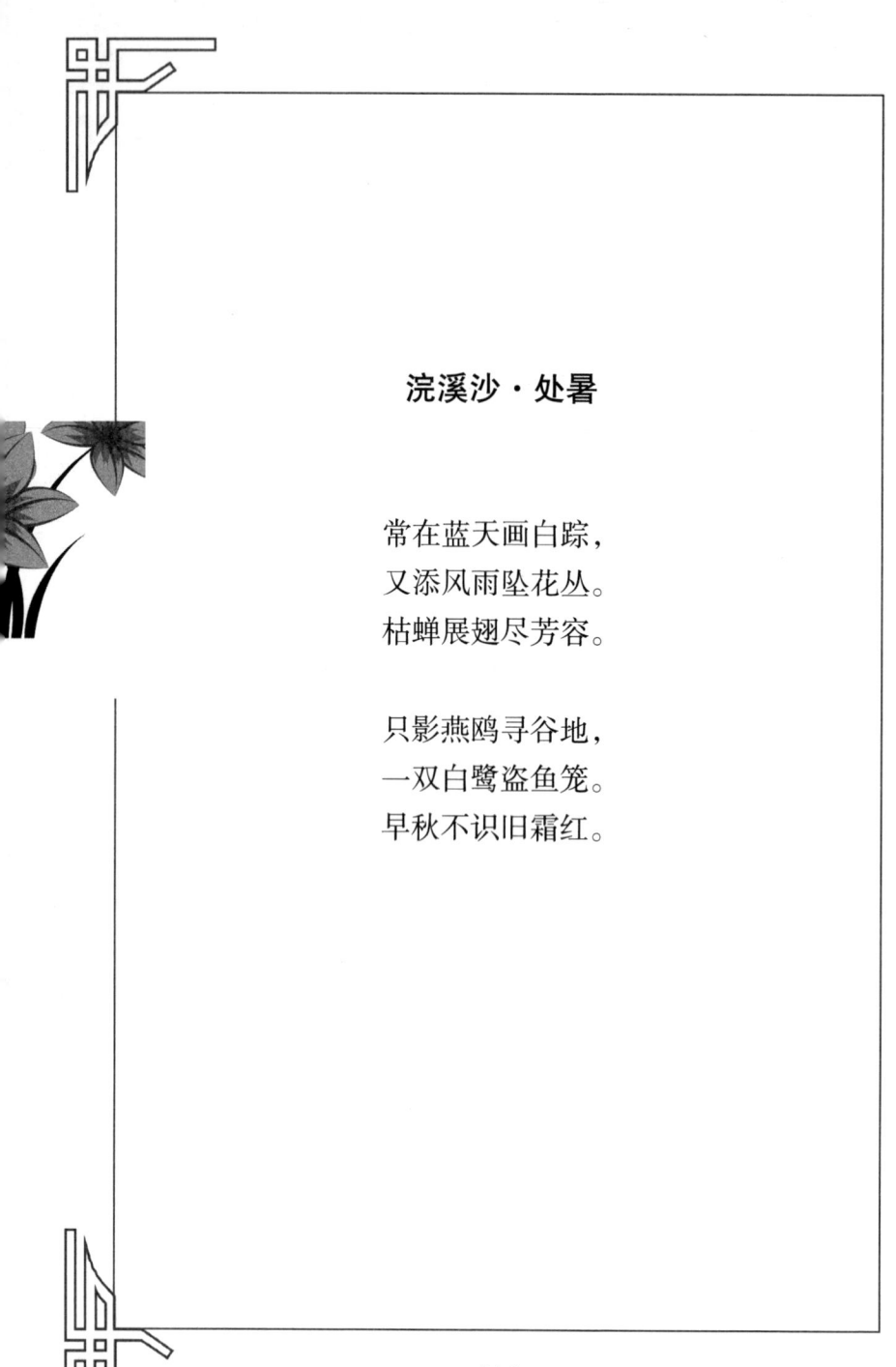

常在蓝天画白踪，
又添风雨坠花丛。
枯蝉展翅尽芳容。

只影燕鸥寻谷地，
一双白鹭盗鱼笼。
早秋不识旧霜红。

浪淘沙令·白露

窗外雨泠泠,
风亦穿堂,
哗哗树上去声忙。
早起阶前多旧叶,
似有微霜。

洗漱齿唇凉,
又待添裳,
新茶煮暖道云长。
春去秋来更一载,
短句成行。

采桑子·秋分

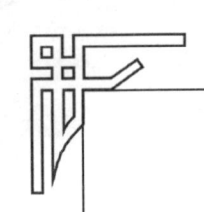

银盘溅漏星光泻,
唤起轻眠。
却有新寒,
披着单衣几案前。

读书莫待时辰老,
识海无边。
秋阅人间,
日月平分正此端。

南乡子·寒露

满地覆银霜,
疑是前宵落雪长。
抬步踏寻秋歇叶,
金黄,朝旭掀开数彩行。

轻袖立寒窗,
对岸梧桐愈素妆。
小院恰来曾旧识,
斜阳,
煮酒围炉话暖肠。

江城子·霜降

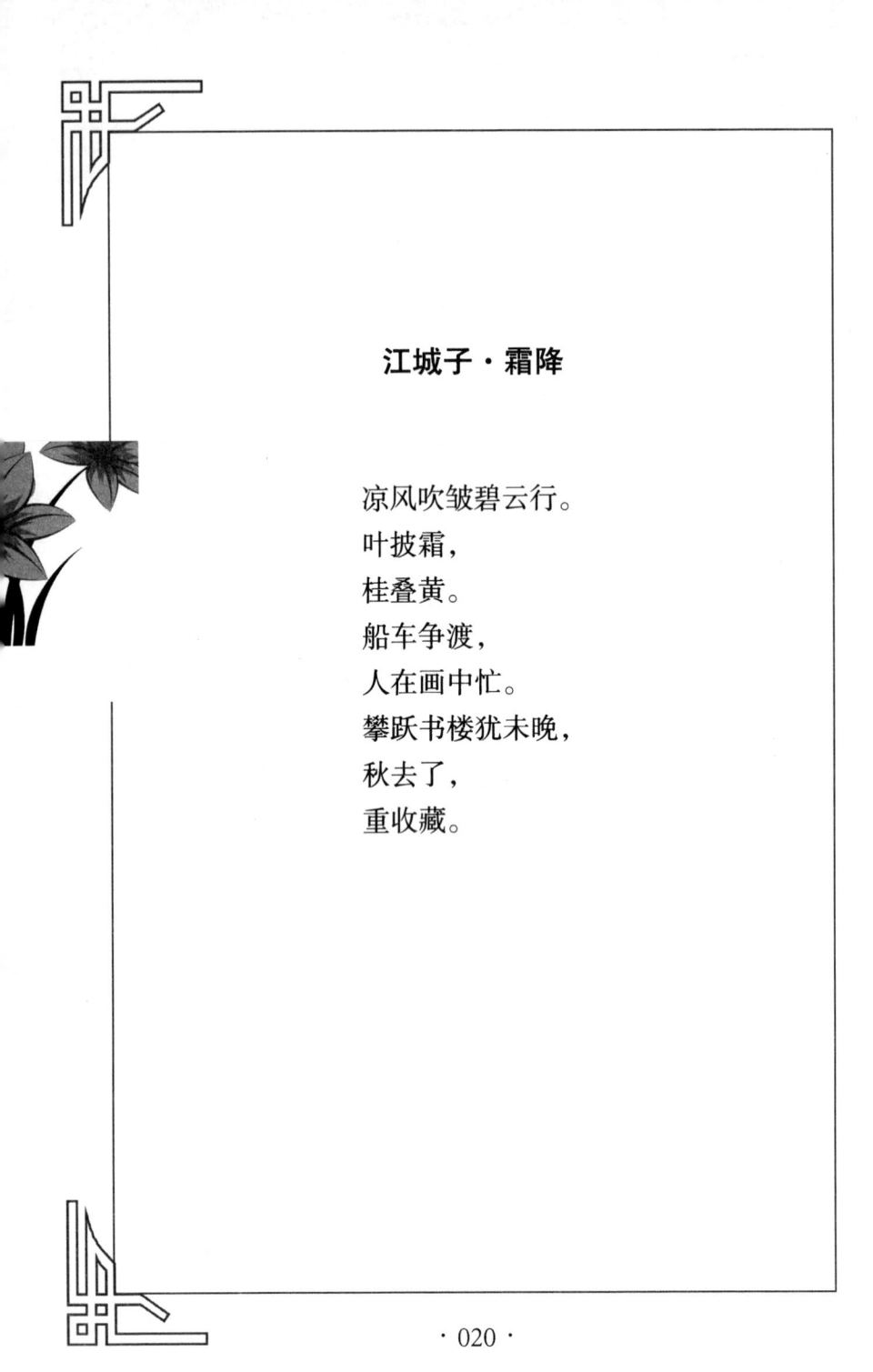

凉风吹皱碧云行。
叶披霜,
桂叠黄。
船车争渡,
人在画中忙。
攀跃书楼犹未晚,
秋去了,
重收藏。

天净沙·立冬

碧云黄地青桐,
紧风纤水长穹。
又见霜枫愈红。
与谁能共,
小炉温火殊同。

采桑子·小雪

寒风一夜催千雪,
白了枝头。
画展穷眸,
恰是遥遥北国轴。

江南未晚还烟雨,
似有轻愁。
但上层楼,
前尽风光万里收。

相见欢·大雪

精灵身影纤纤,
正从天。
缓舞纷扬,
清美落人间。

未留叹,
满杯盏,
驻华年。
洁白更添生动,
种心田。

卜算子·冬至

碎雪落江南,
覆叶迎风舞。
数九严冬始自今,
凛冽更深露。

雾缭正烹羊,
围暖千家户。
又见窗门扁食忙,
无惧寒凉入。

减字木兰花·小寒

远山雾莽，
风雨迢迢辞旧象。
近木成行，
垂柳依依被染黄。

少年轻述，
料峭冰寒还未识。
但却不知，
日照苍生复复啼。

鹧鸪天·大寒

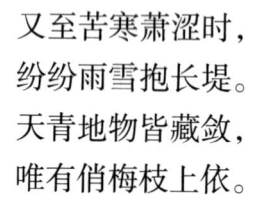

又至苦寒萧涩时,
纷纷雨雪抱长堤。
天青地物皆藏敛,
唯有俏梅枝上依。

雕白缕,
画成诗。
轻描水墨笔常熙。
可叹此景如何应,
恰在温汤泉上栖。

廿四节气·五言诗

立 春

白梅枝上俏,
新暖照厅墙。
细柳添轻绿,
青河渡桨忙。

雨　水

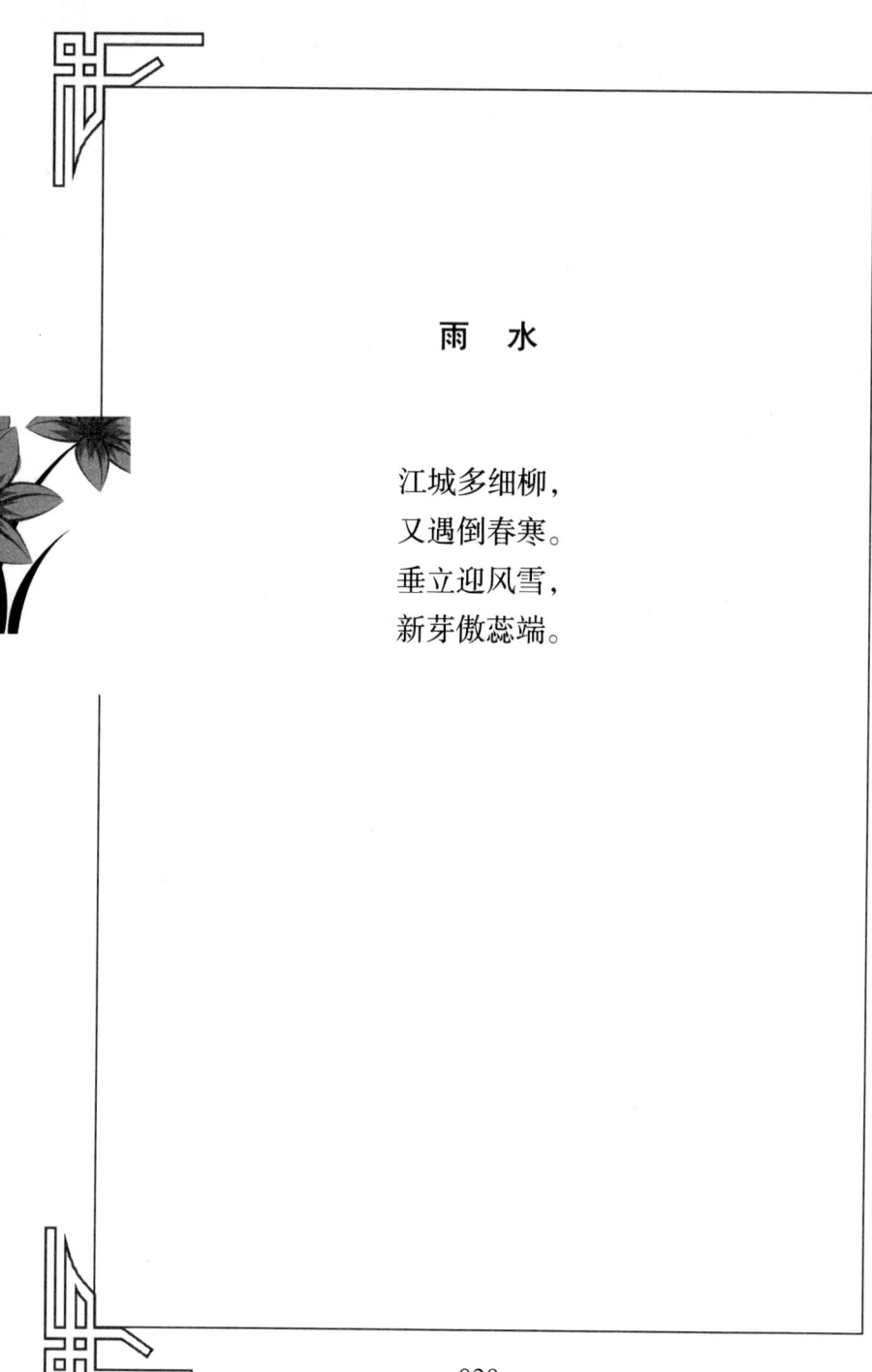

江城多细柳，
又遇倒春寒。
垂立迎风雪，
新芽傲蕊端。

惊　蛰

惊雷敲冻土，
冬蛰嗅新芽。
万物皆寻道，
更堪柳岸花。

春　分

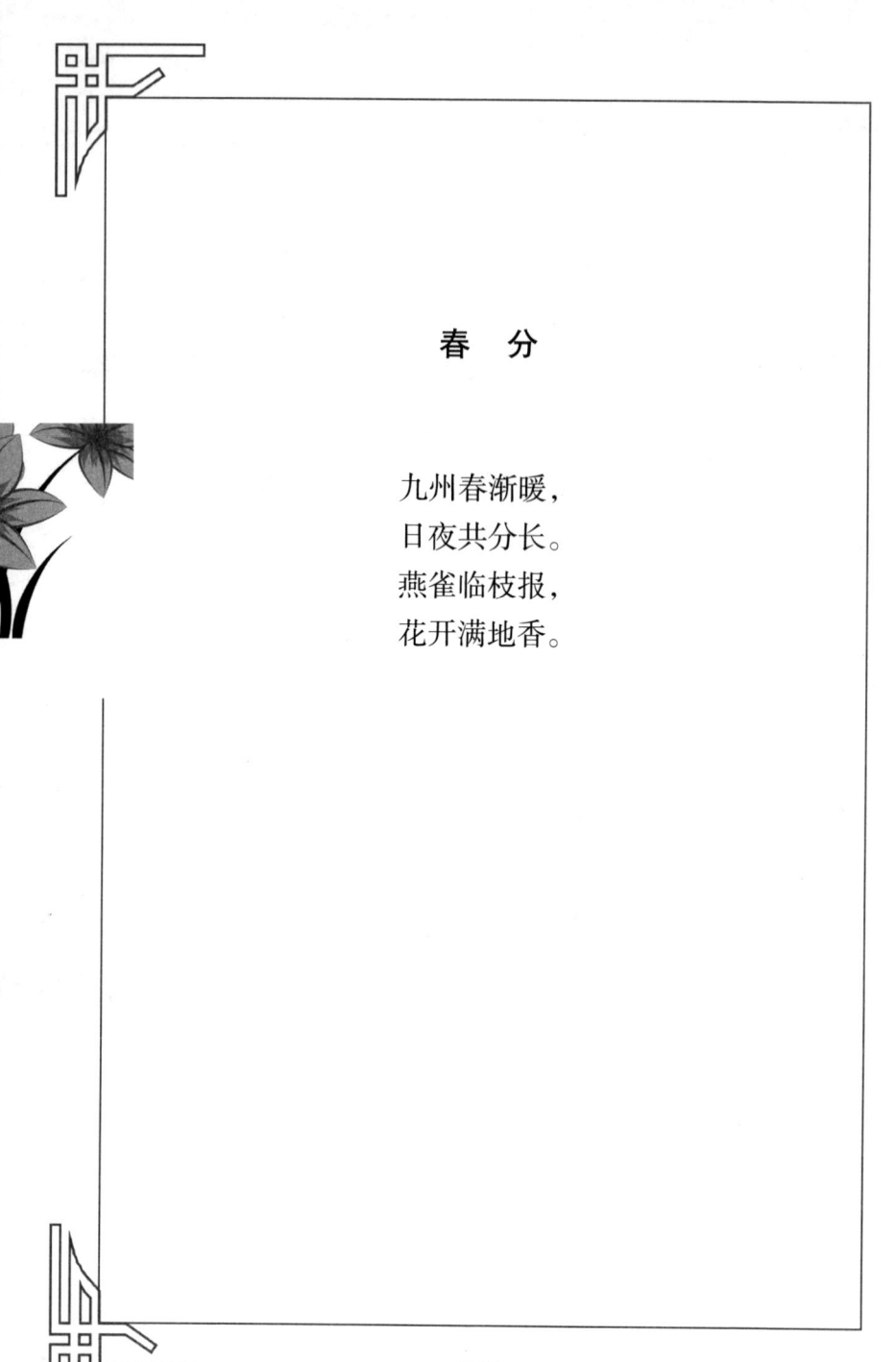

九州春渐暖，
日夜共分长。
燕雀临枝报，
花开满地香。

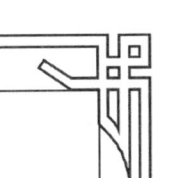

清　明

细雨襄无厌，
春棠更盛装。
待时云日暖，
蜂雀采香忙。

谷　雨

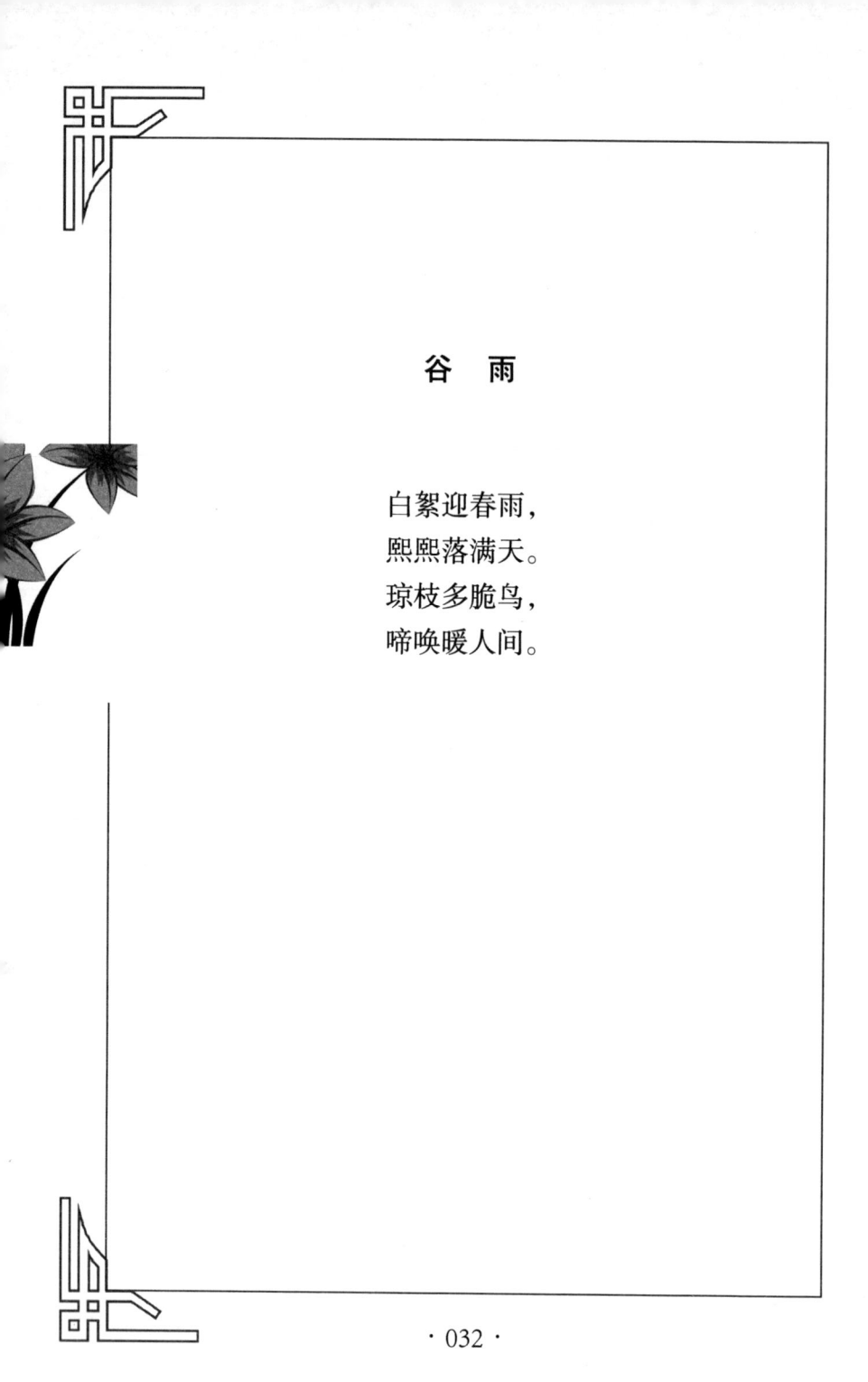

白絮迎春雨，
熙熙落满天。
琼枝多脆鸟，
啼唤暖人间。

立 夏

风轻草木深,
絮柳水波擒。
又恐春将逝,
衔来画笔吟。

小　满

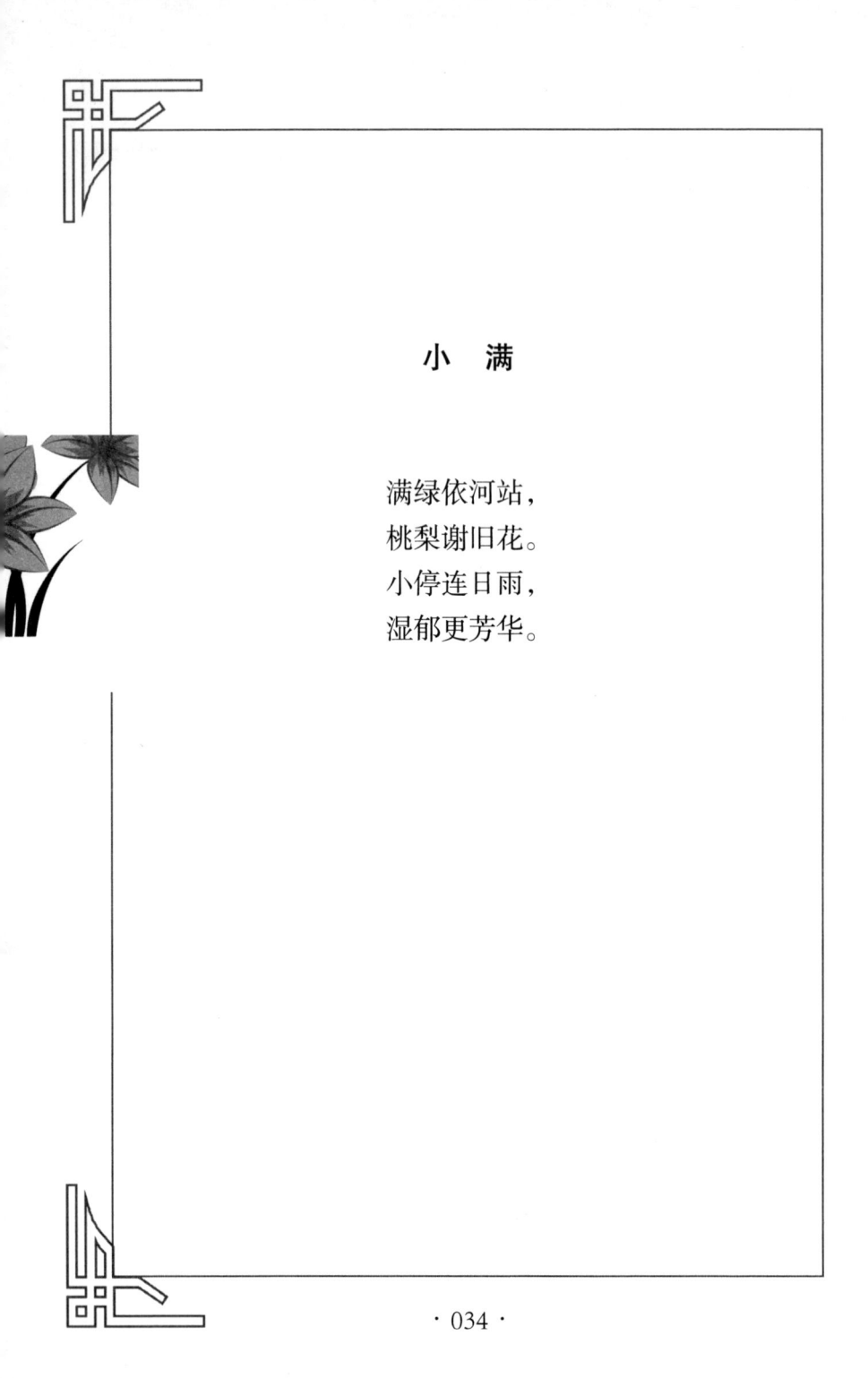

满绿依河站,
桃梨谢旧花。
小停连日雨,
湿郁更芳华。

芒 种

熙熙长素雨,
谢落百花芒。
遥问千枝树,
重开夏宴行。

夏　至

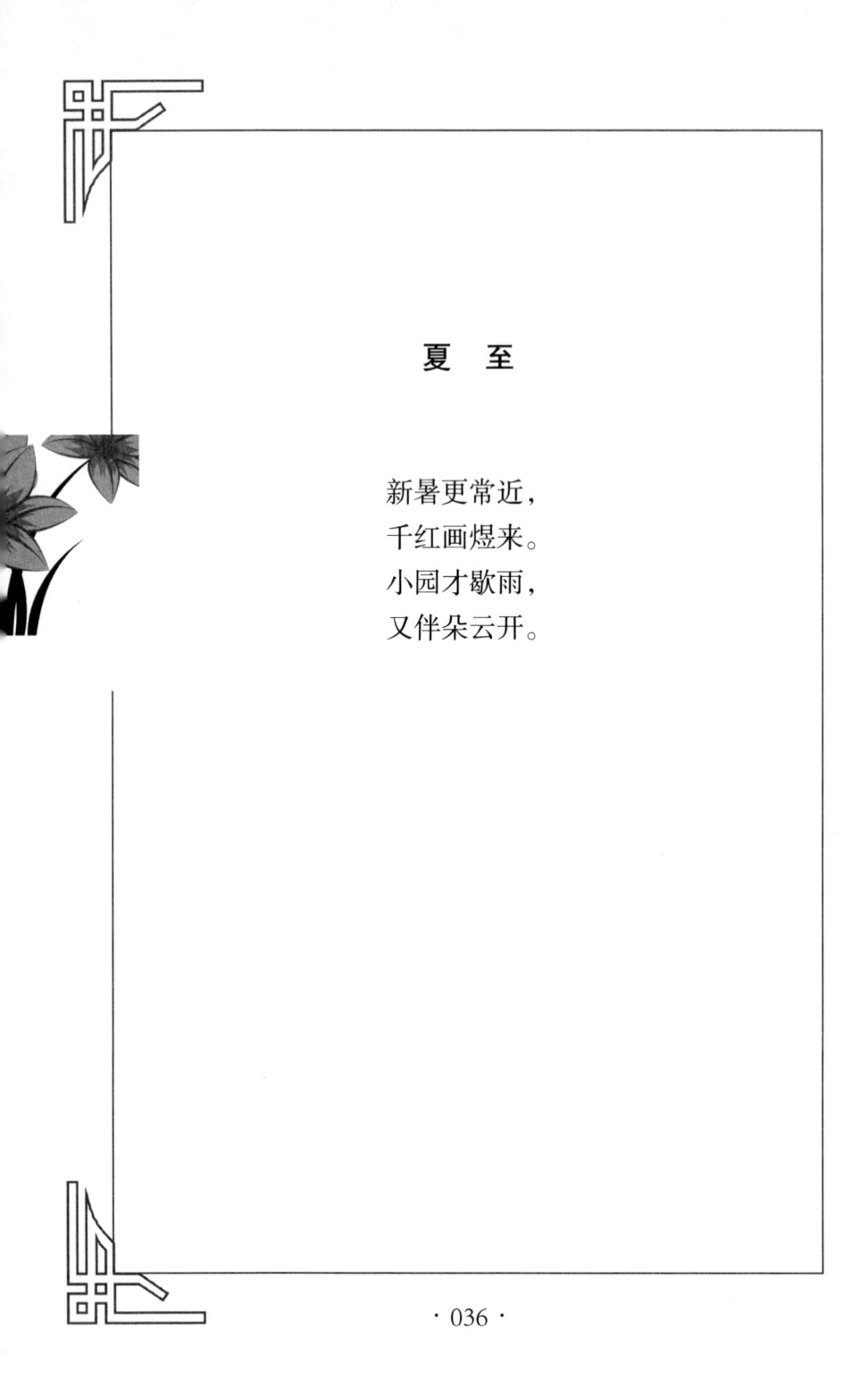

新暑更常近，
千红画煜来。
小园才歇雨，
又伴朵云开。

小　暑

热风沉旷野,
平地遇甘霖。
行路闻雷报,
轻衣汗满襟。

大　暑

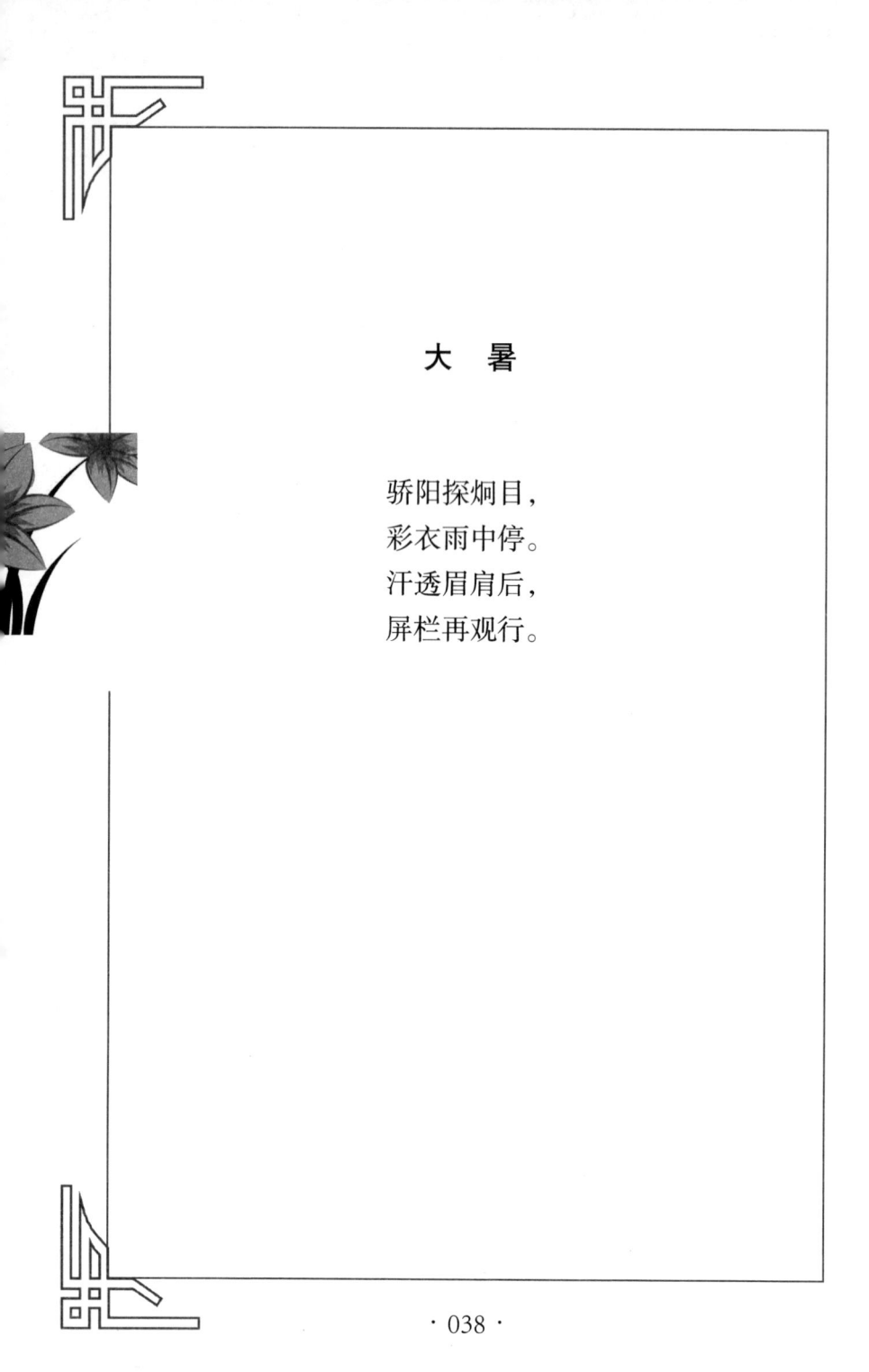

骄阳探炯目，
彩衣雨中停。
汗透眉肩后，
屏栏再观行。

立　秋

步驱长夏顾,
日罩似穹炉。
月下虫声促,
推杯对玉壶。

处　暑

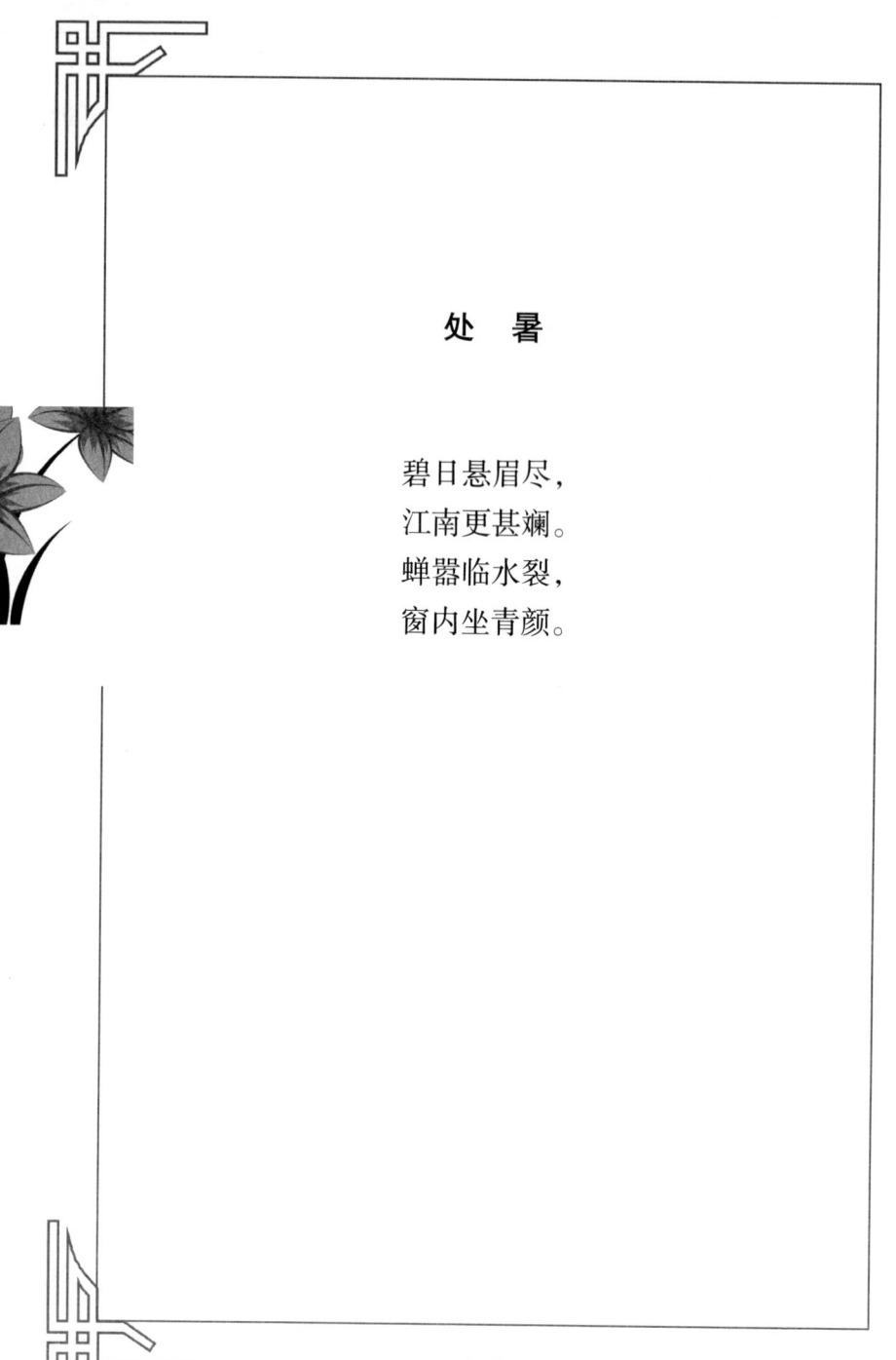

碧日悬眉尽，
江南更甚斓。
蝉嚣临水裂，
窗内坐青颜。

白 露

碧天藏烈日,
绿毯覆蝉惶。
常有轻风顾,
单衣略晚凉。

秋　分

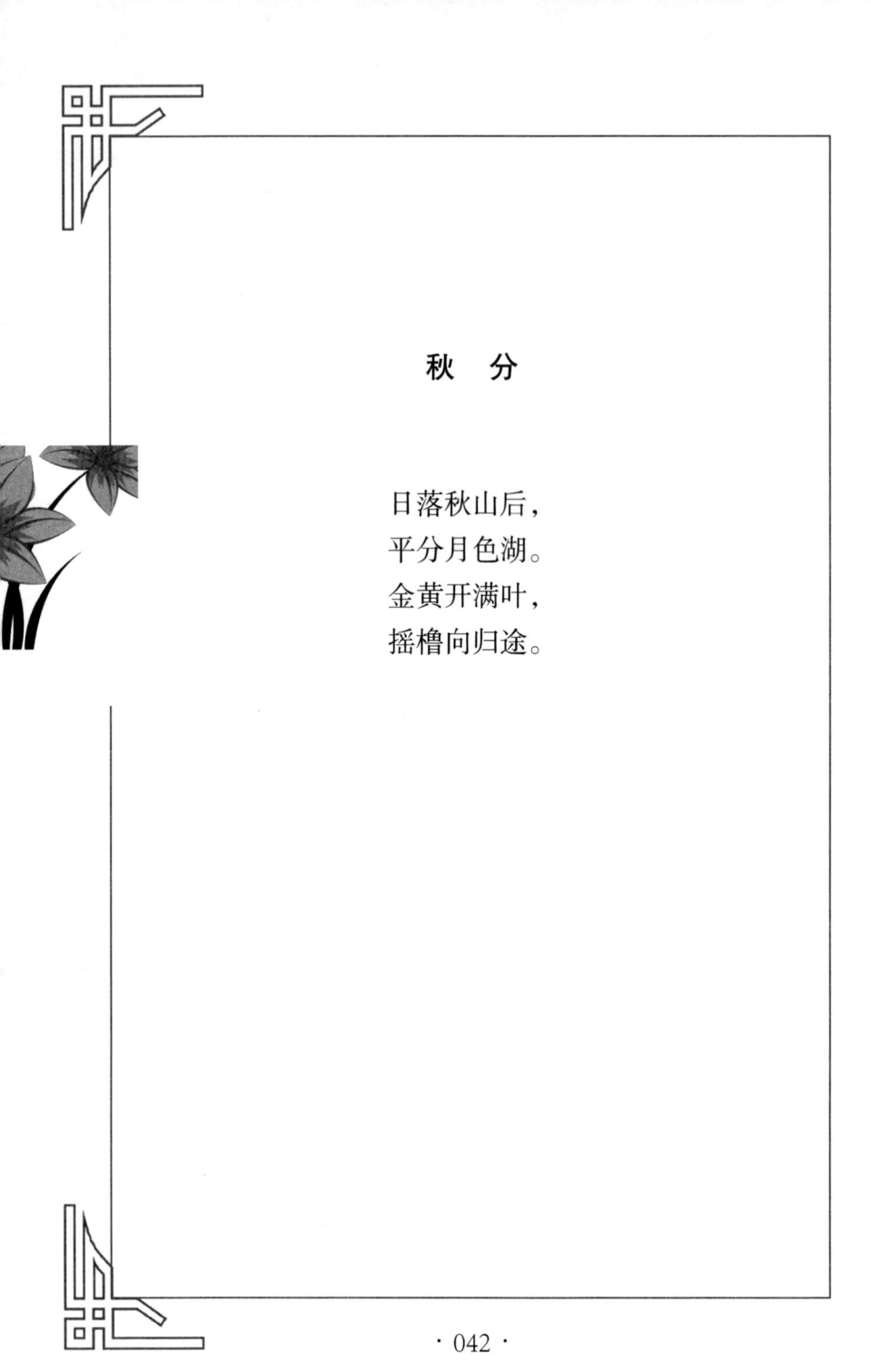

日落秋山后，
平分月色湖。
金黄开满叶，
摇橹向归途。

寒 露

绿苔生玉露,
日下晚阶凉。
鸿雁飞经处,
黄花又两行。

霜　降

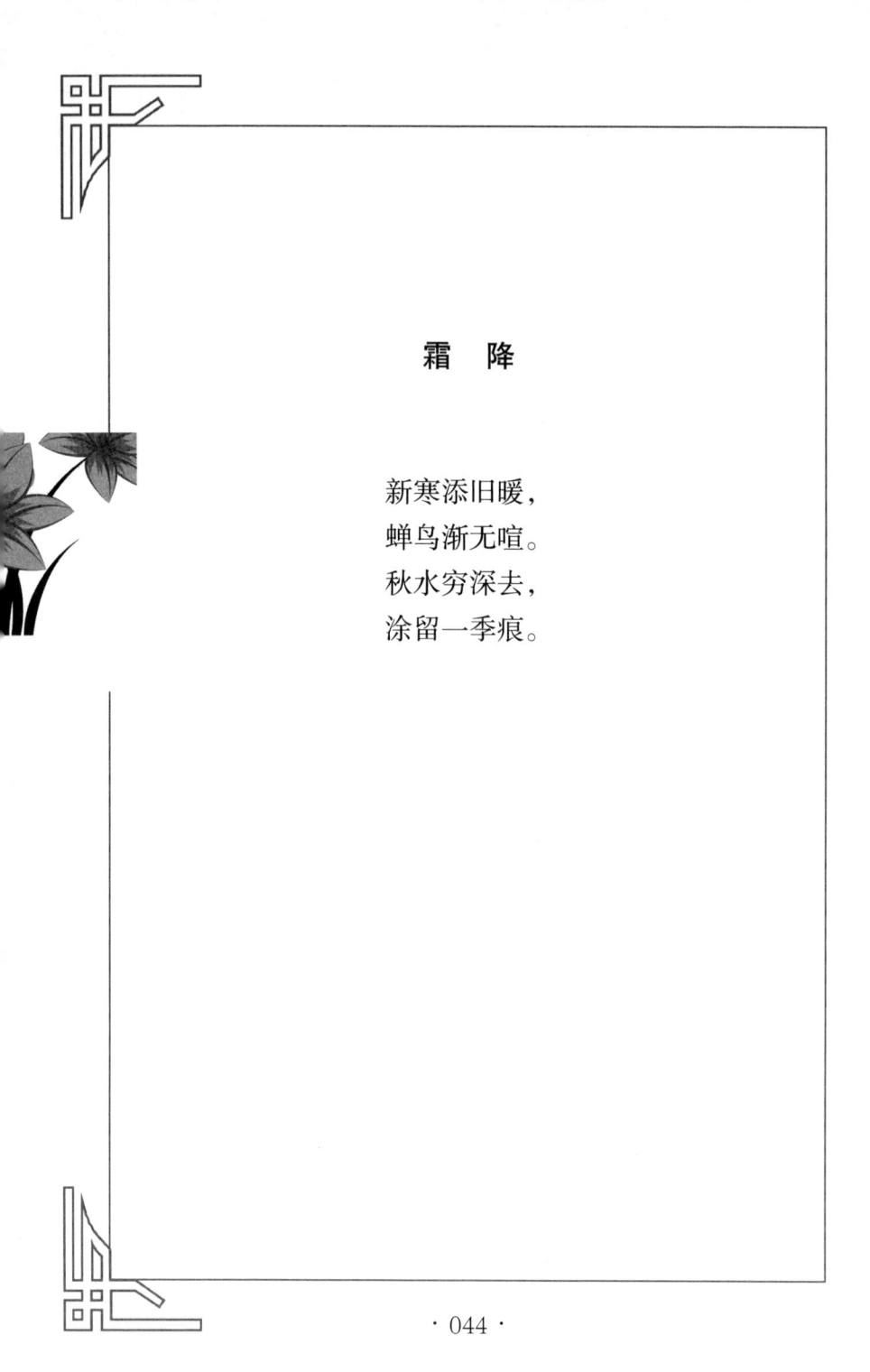

新寒添旧暖，
蝉鸟渐无喧。
秋水穷深去，
涂留一季痕。

立 冬

日上三时晚,
齐身揽厚披。
苍萧攀草木,
伏蛰待佳期。

小　雪

呼呼窗外啸，
策马向长空。
未有江南雪，
原来海上风。

大 雪

更皱黄垂叶,
穷深绿剪丛。
忙时灯下暖,
无事盼东风。

冬　至

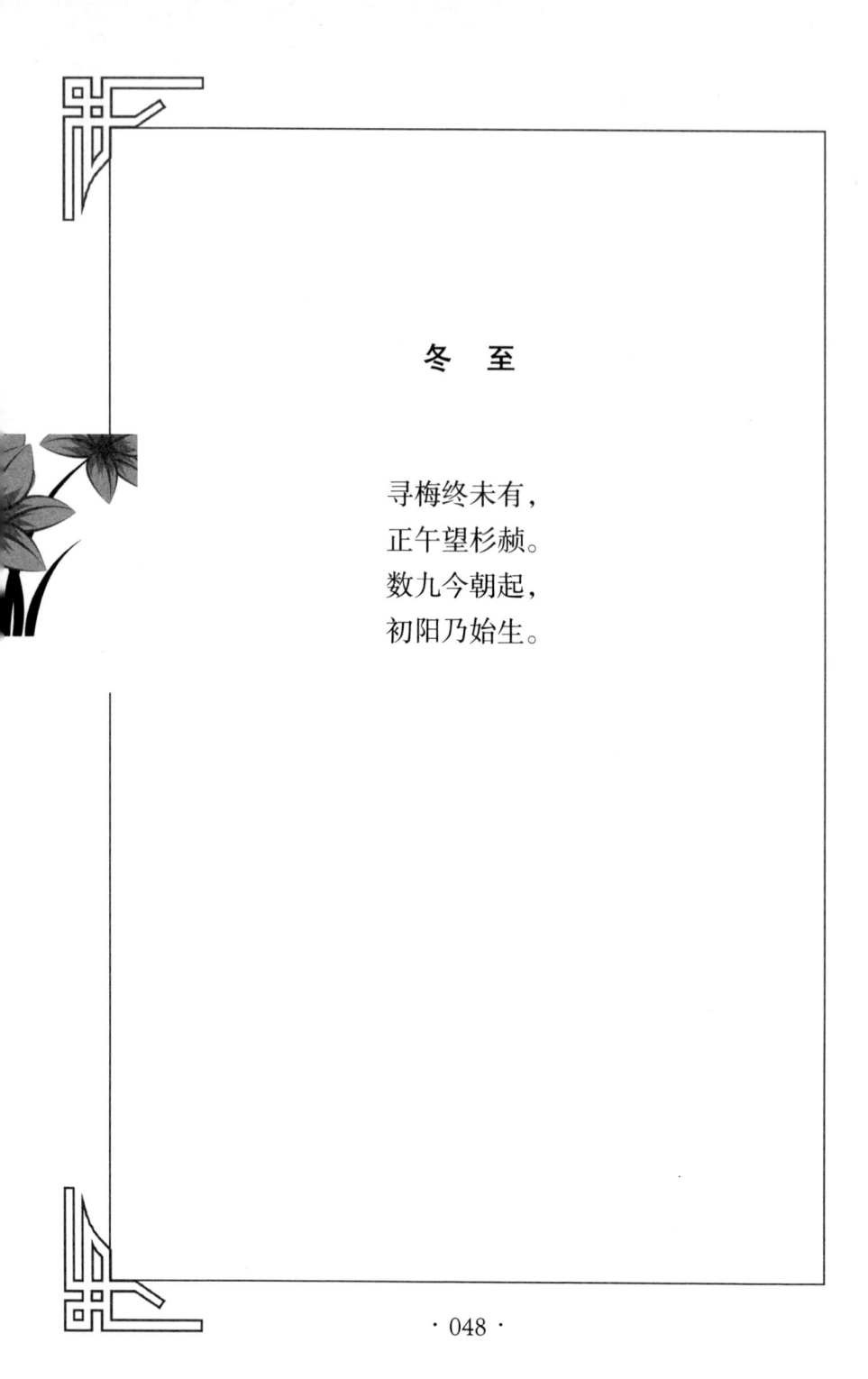

寻梅终未有，
正午望杉赪。
数九今朝起，
初阳乃始生。

小　寒

风雪迎新历，
山峦别旧霖。
一声轻问候，
天地暖于心。

大　寒

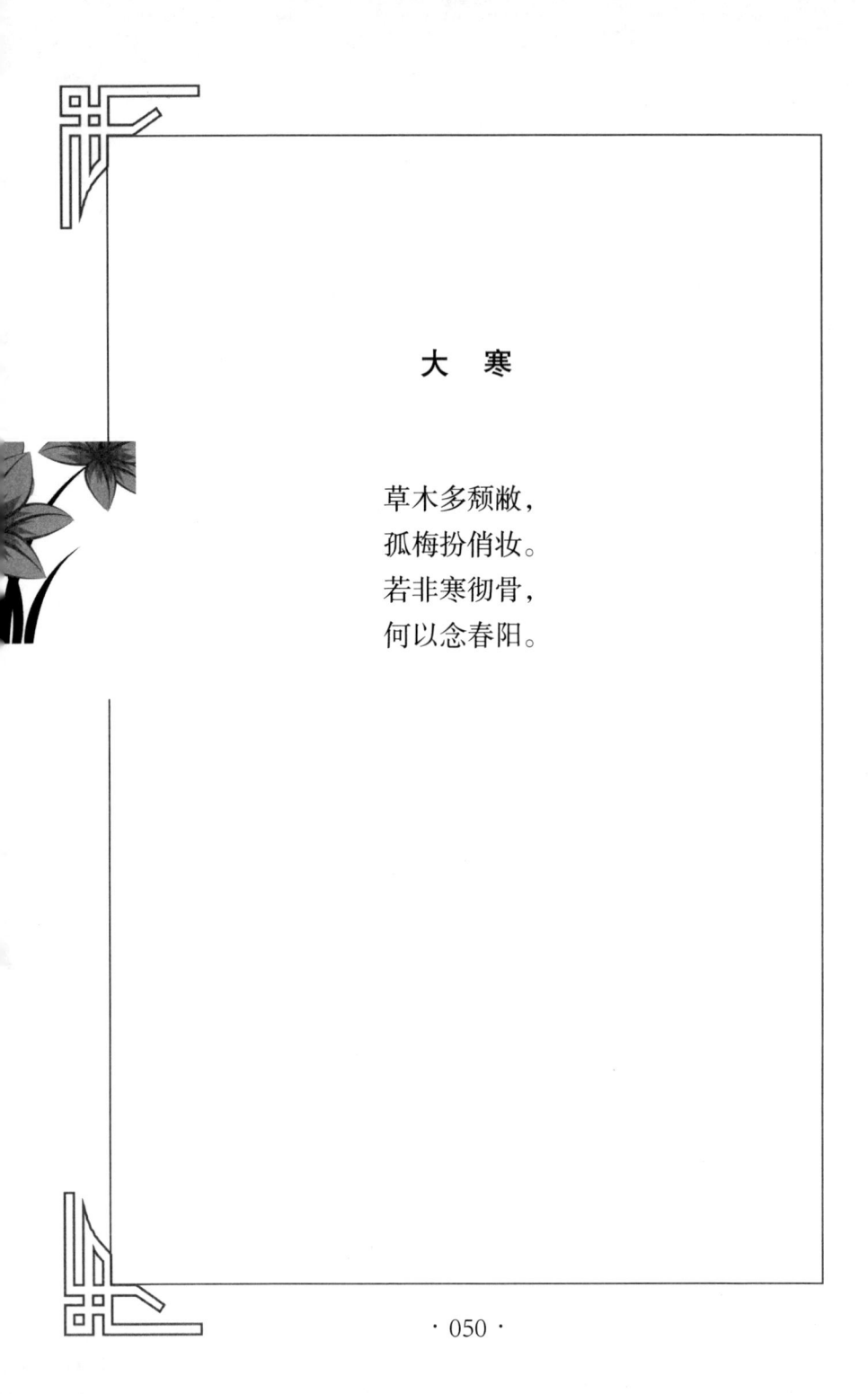

草木多颓敝，
孤梅扮俏妆。
若非寒彻骨，
何以念春阳。

廿四节气·七言诗

立　春

偶有脆鸣啼细柳，
寻声小雀望云天。
清风捋过藤黄叶，
却似闲涂绿彩千。

雨 水

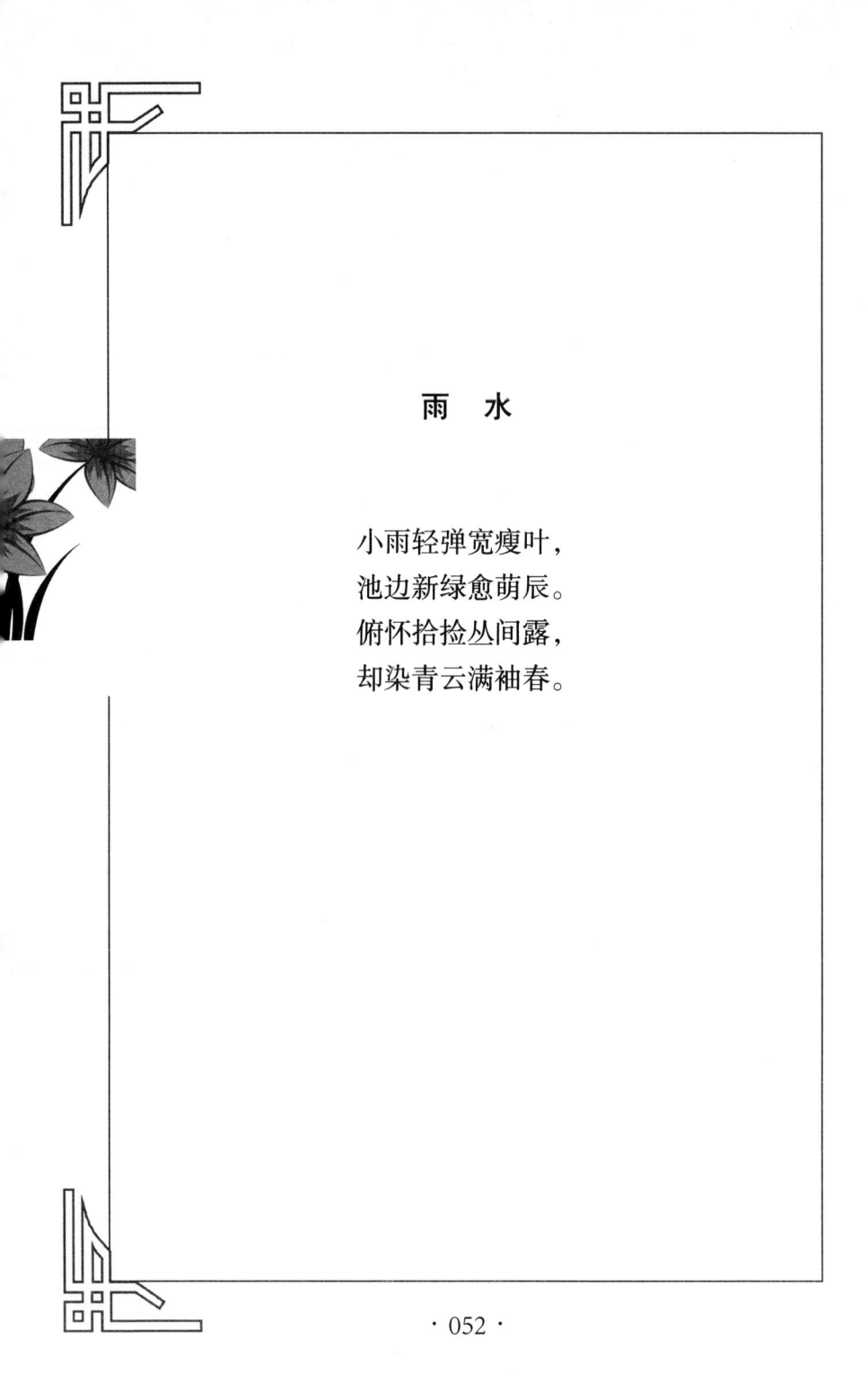

小雨轻弹宽瘦叶,
池边新绿愈萌辰。
俯怀拾捡丛间露,
却染青云满袖春。

惊　蛰

风雨未停更逐日，
阴晴无度忽惊雷。
远郊恰是春锄累，
近处同耕笔下回。

春　分

如眉垂柳问长堤，
丘燕何时返石溪。
小岸青泥添细竹，
晚来明月照归啼。

清　明

烟雨催生多采色，
穿梭芳草挂琼枝。
拾眉端看林中竹，
一节修长一节思。

谷　雨

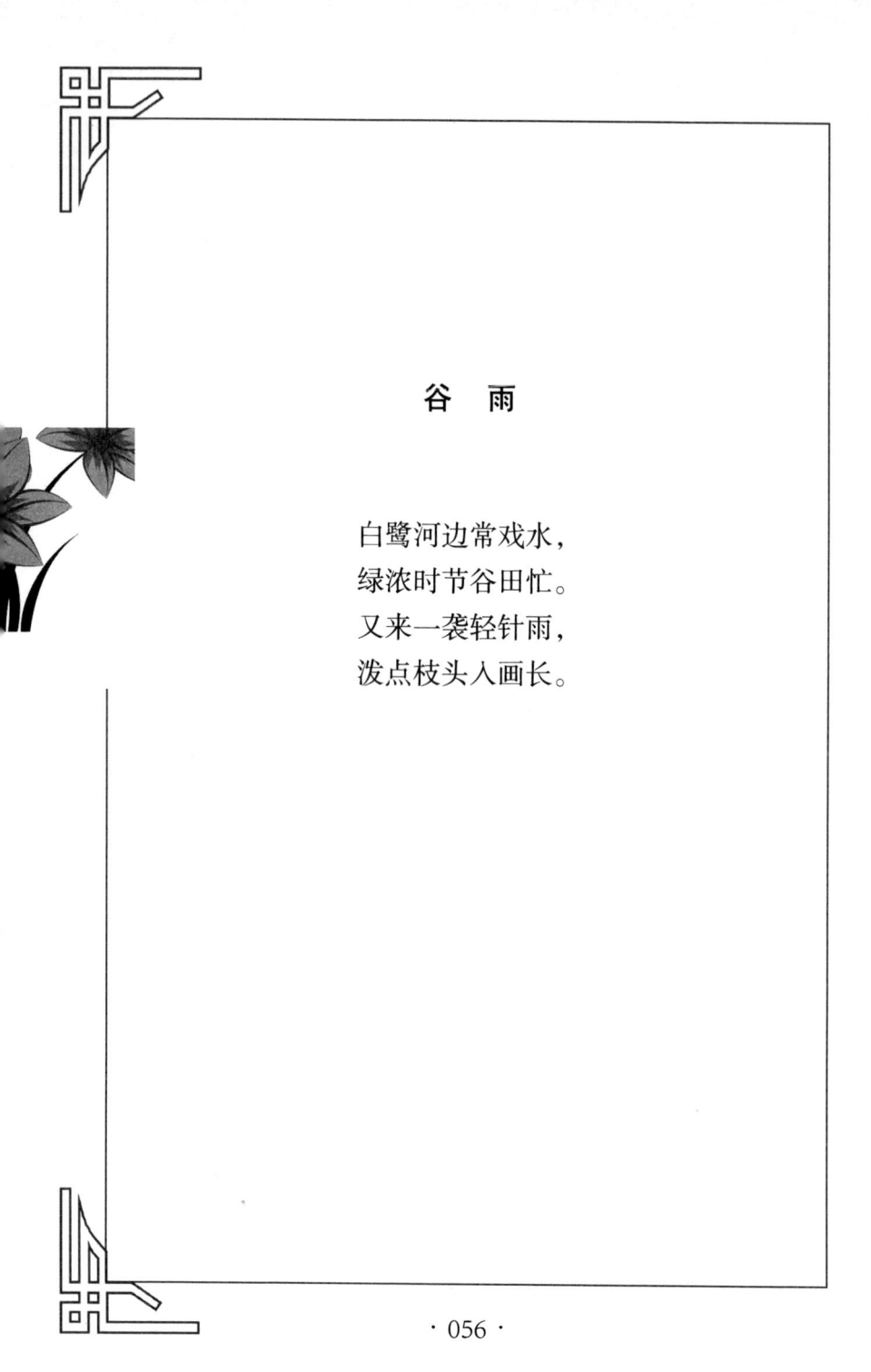

白鹭河边常戏水，
绿浓时节谷田忙。
又来一袭轻针雨，
泼点枝头入画长。

立 夏

时晴时雨催天暖,
一季山茶落水清。
静夜城中人未醒,
绿丛深处有蛙鸣。

小　满

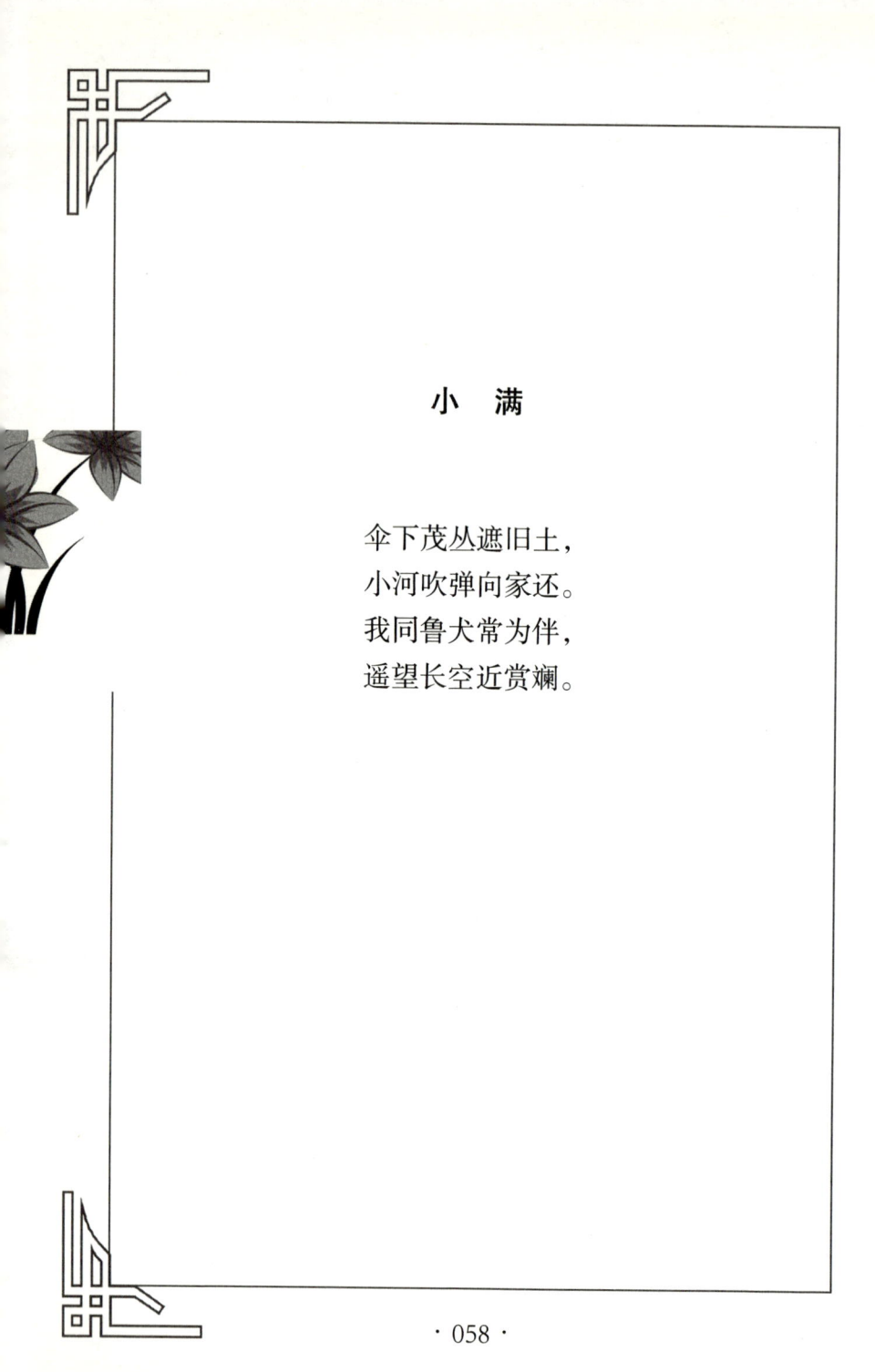

伞下茂丛遮旧土，
小河吹弹向家还。
我同鲁犬常为伴，
遥望长空近赏斓。

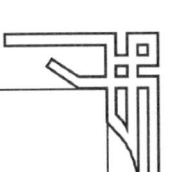

芒 种

窗外垂帘由织雨,
烹茶浅坐煮青梅。
偷闲半日诗书话,
聊聚心神闻道来。

夏 至

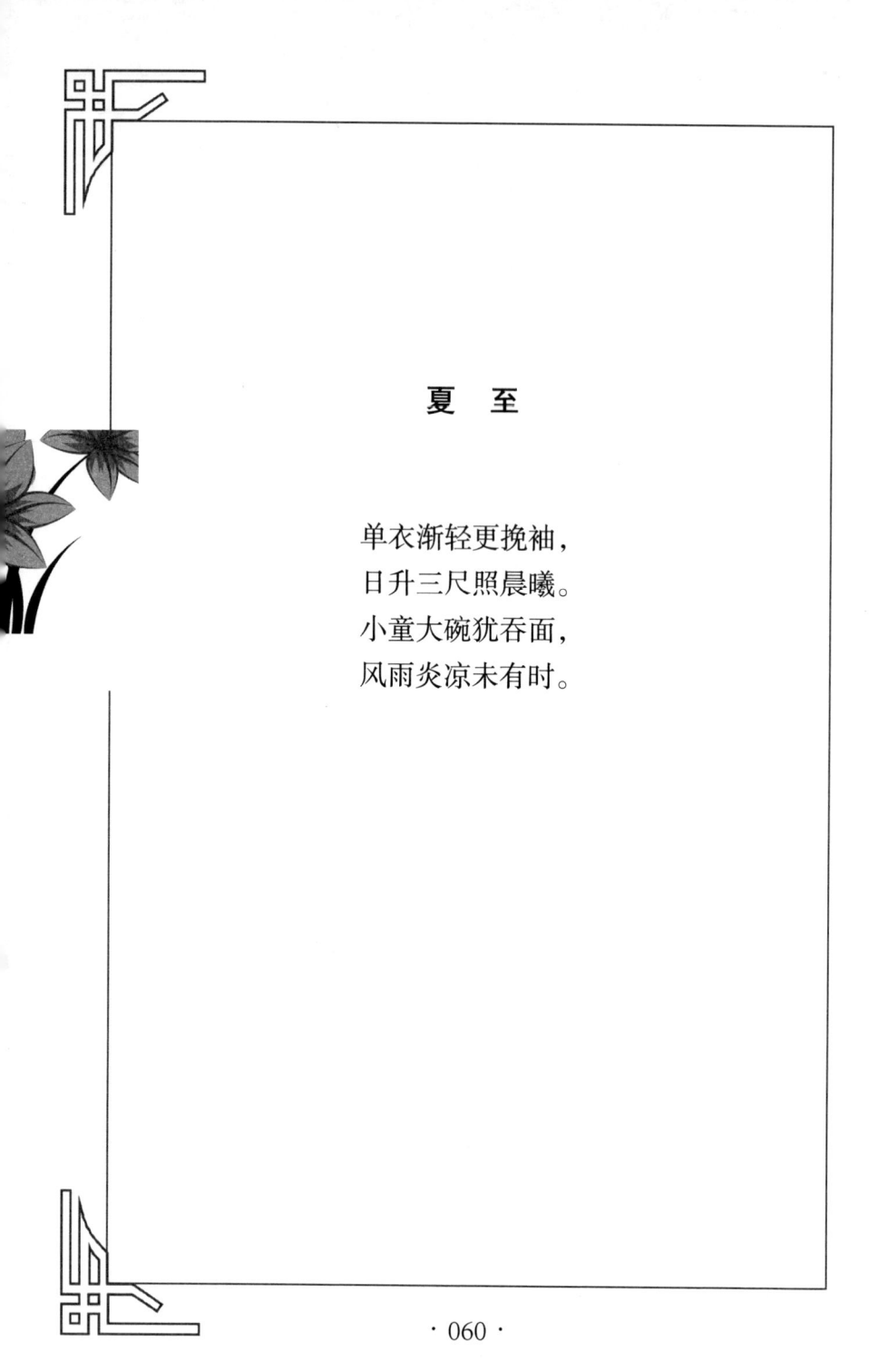

单衣渐轻更挽袖，
日升三尺照晨曦。
小童大碗犹吞面，
风雨炎凉未有时。

小　暑

炉火炖烧天欲沸，
蝉鸣渐促乱琴弦。
拧眉却见花无动，
恬淡随心举目前。

大　暑

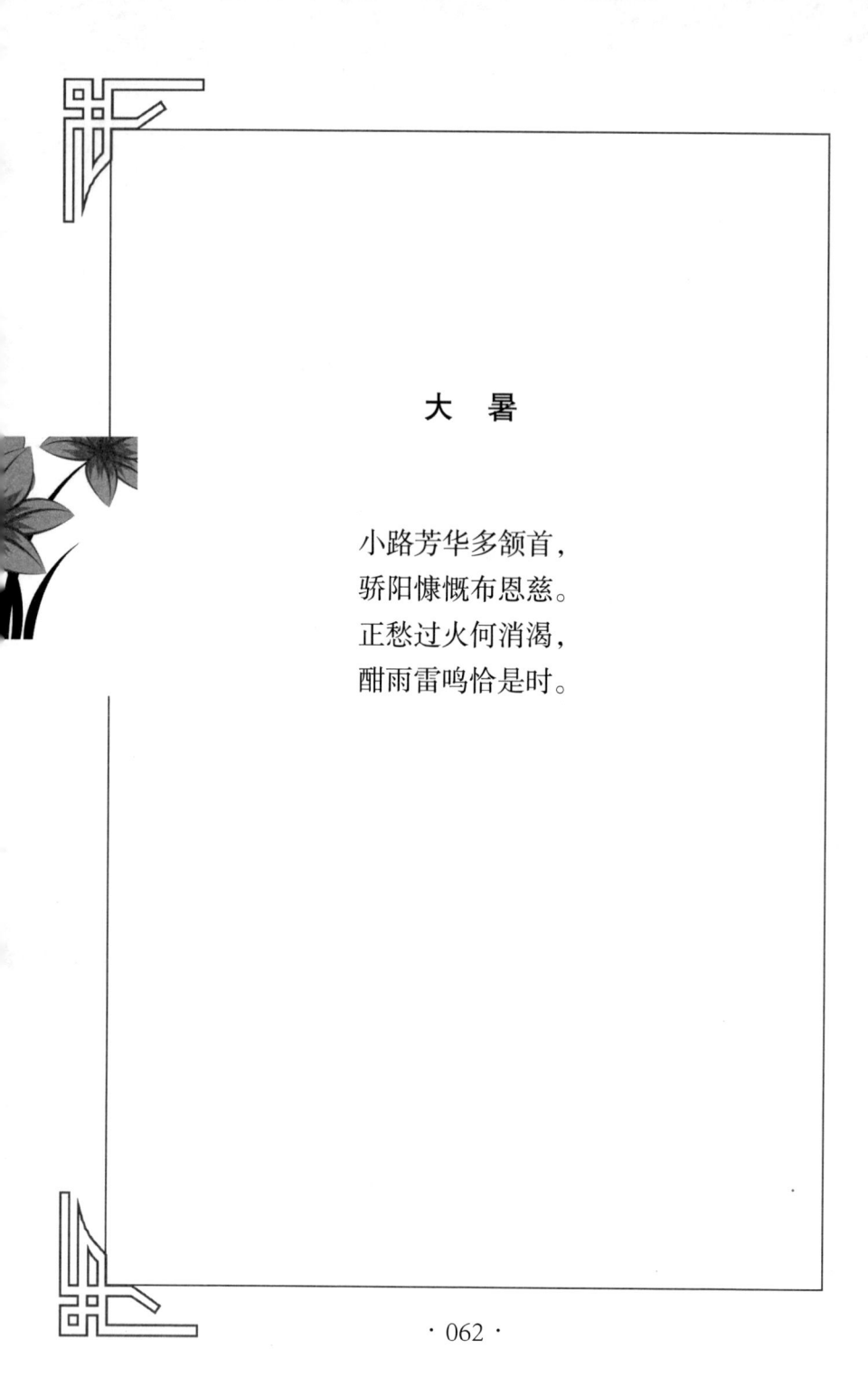

小路芳华多颔首，
骄阳慷慨布恩慈。
正愁过火何消渴，
酣雨雷鸣恰是时。

立 秋

梧桐吹落宽焦叶,
浓绿丛中一点黄。
暑湿未消沾满衣,
晚风披袂莫贪凉。

处　暑

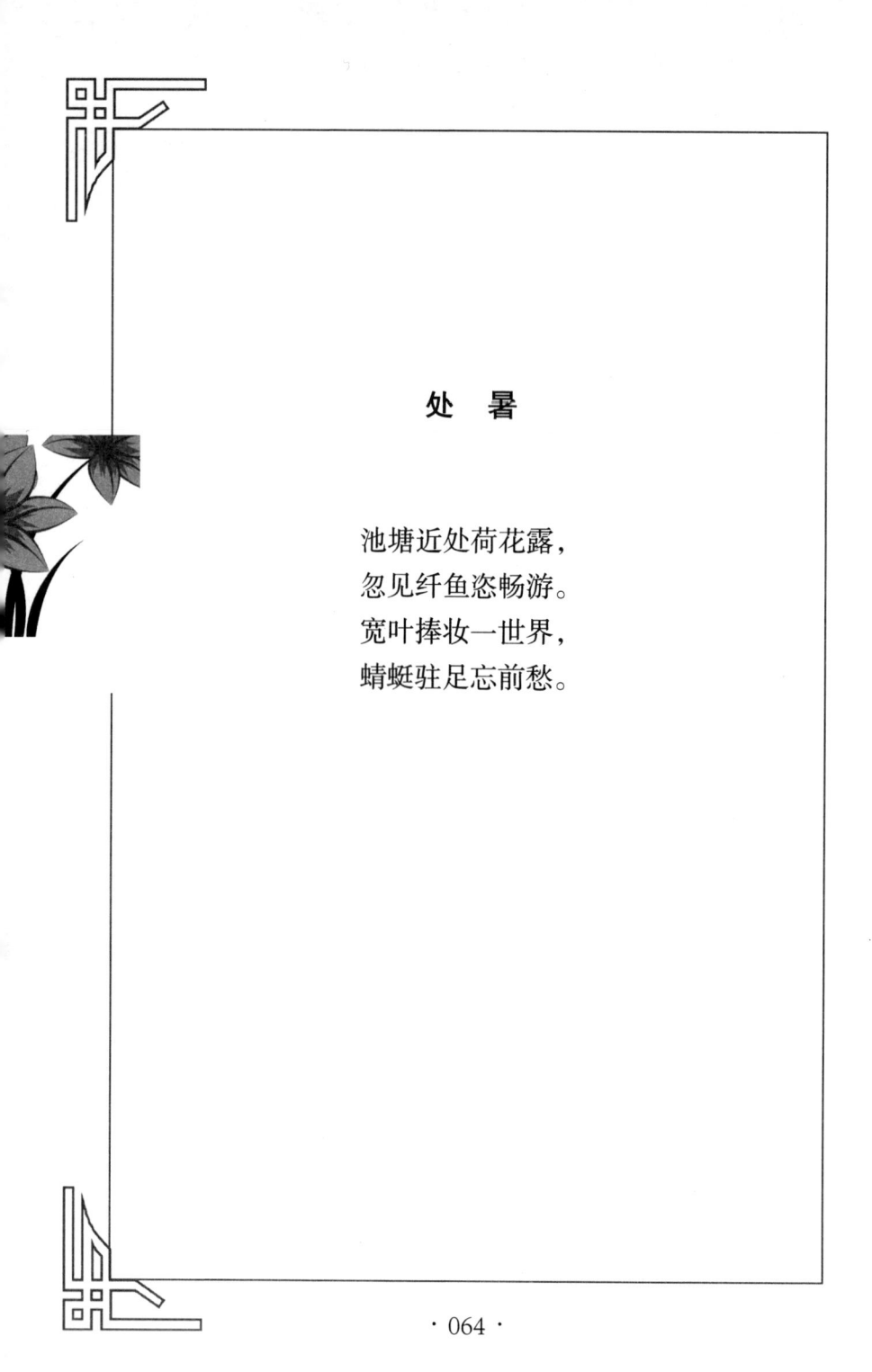

池塘近处荷花露,
忽见纤鱼恣畅游。
宽叶捧妆一世界,
蜻蜓驻足忘前愁。

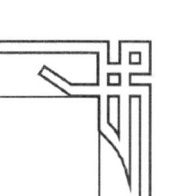

白 露

月挂梢头苍夜白，
秋蝉弱唤促虫忙。
五更未晓花田紧，
早有匆匆采露娘。

秋　分

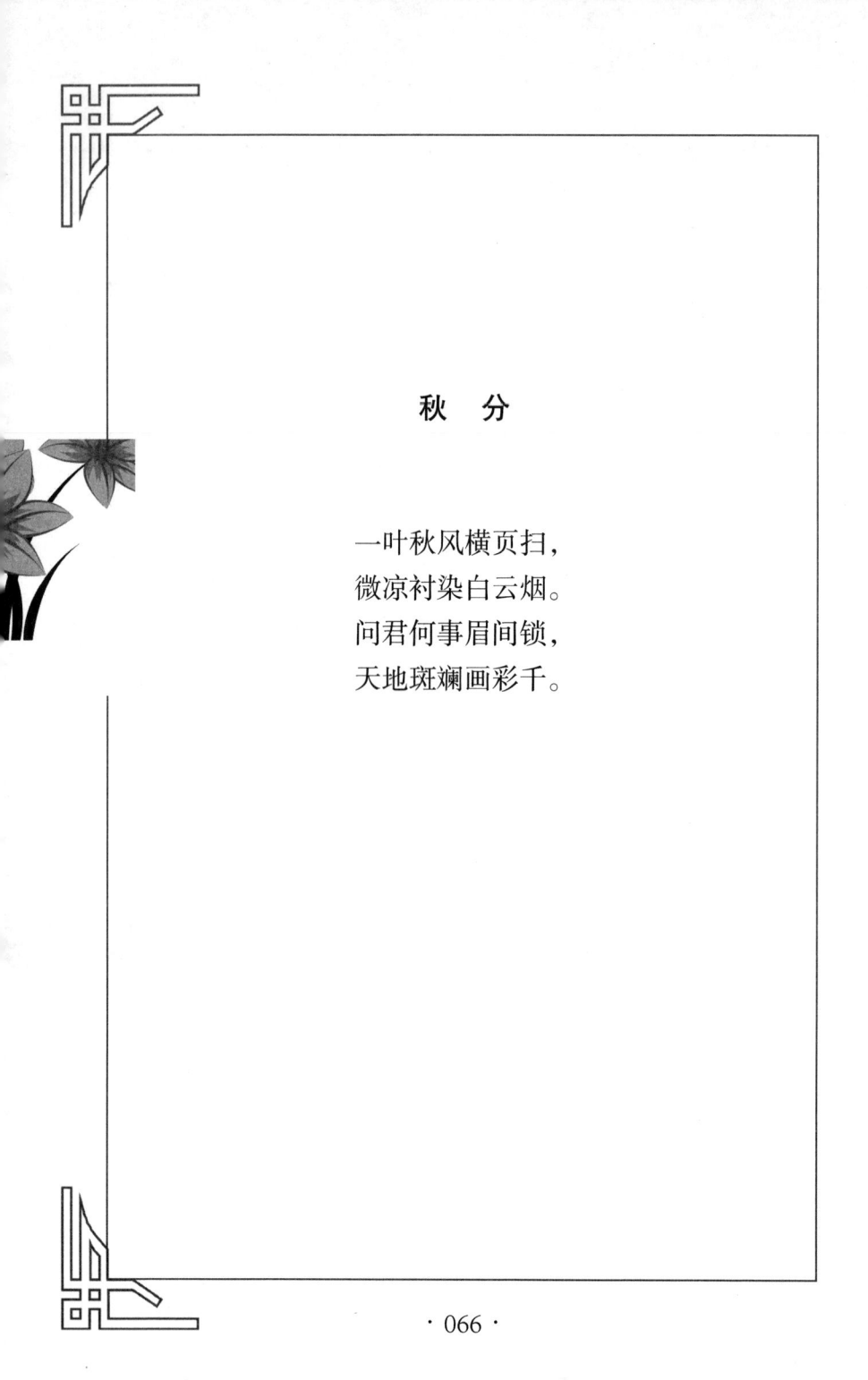

一叶秋风横页扫，
微凉衬染白云烟。
问君何事眉间锁，
天地斑斓画彩千。

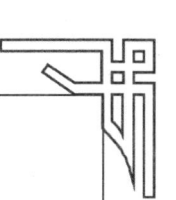

寒　露

旧叶新花空碧日，
青黄堆积覆田裳。
江南未雨重深露，
一卷西风更晚凉。

霜　降

坐看凝霜铺满地，
游云未远正逍遥。
紧衣身上披毡白，
三两围炉煮长霄。

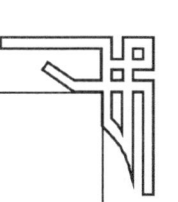

立 冬

满枝红叶窗前闹,
漫地银霜月下沉。
如饮长书尝冷暖,
无关风雨只关心。

小 雪

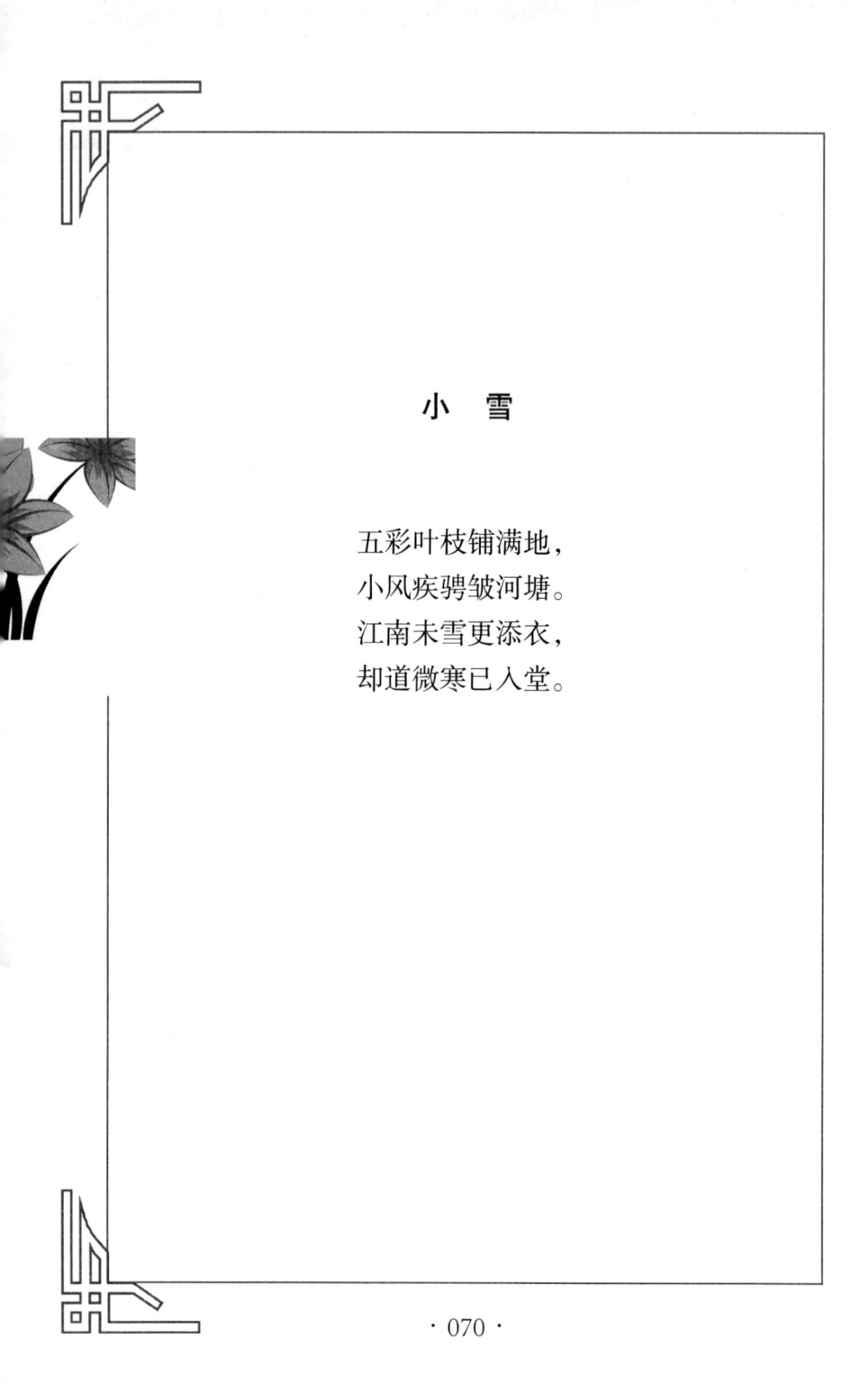

五彩叶枝铺满地,
小风疾骋皱河塘。
江南未雪更添衣,
却道微寒已入堂。

大　雪

小风拨日消残雾，
又落枝头叶不回。
才叹萧萧天地涩，
忽闻啼雀静中来。

冬 至

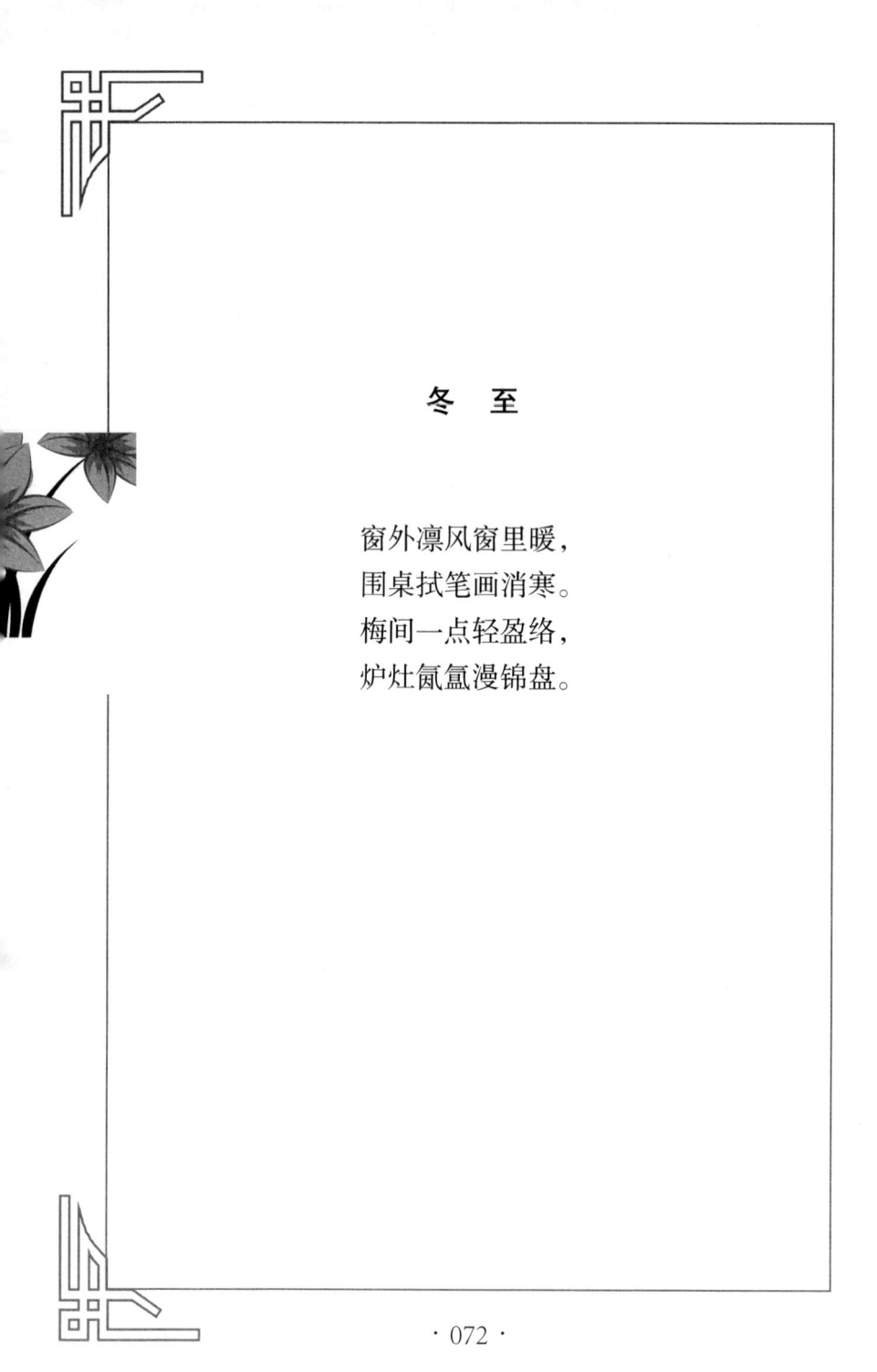

窗外凛风窗里暖,
围桌拭笔画消寒。
梅间一点轻盈络,
炉灶氤氲漫锦盘。

小　寒

不胜轻寒新骤起,
鹦哥躲我手中笼。
有朋聊座多归识,
四目推杯待暖风。

大 寒

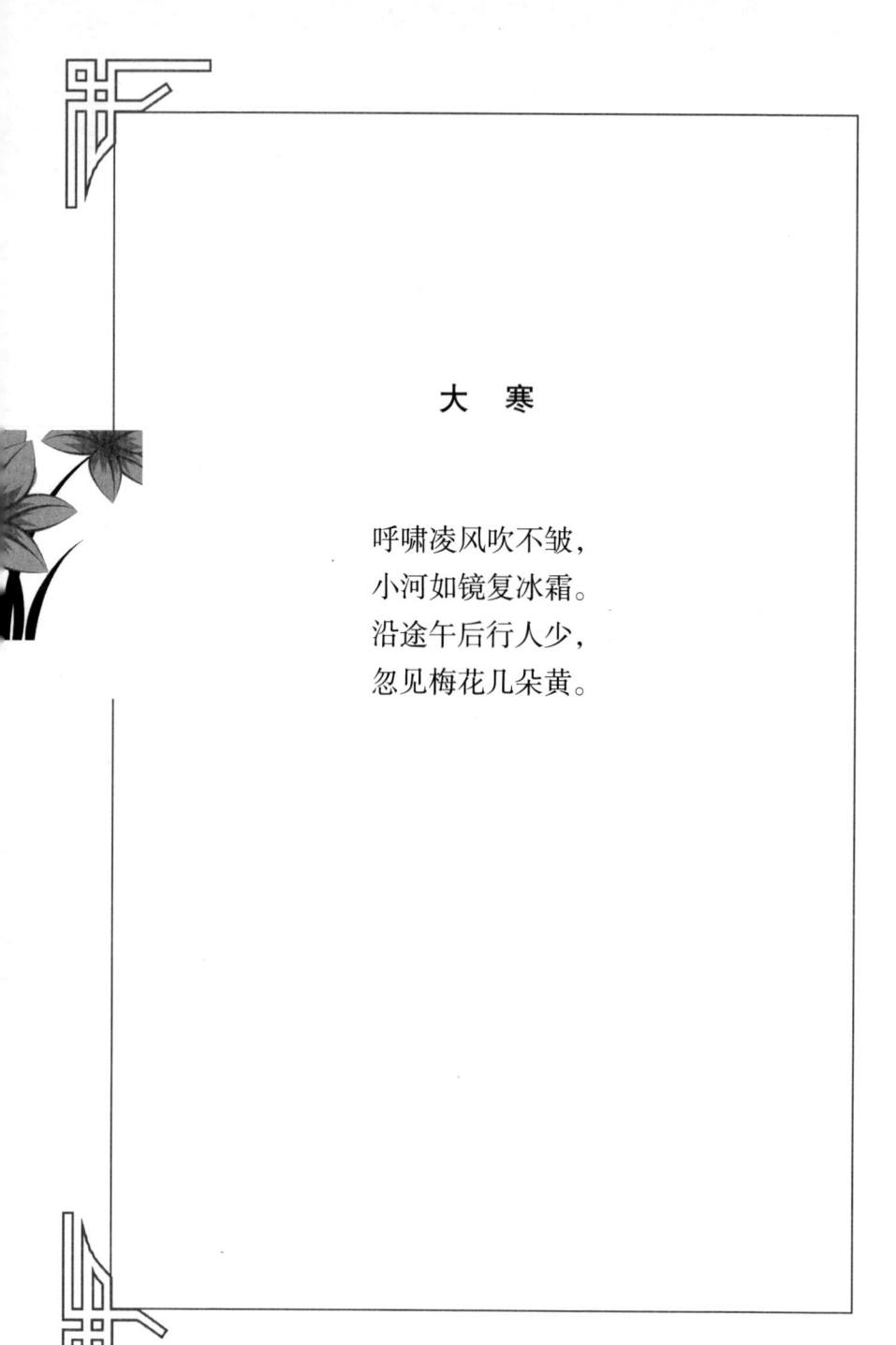

呼啸凌风吹不皱,
小河如镜复冰霜。
沿途午后行人少,
忽见梅花几朵黄。

卷二 遇见芳华

卜算子·咏菊

晨晓踏菊园,
浓露秋丛放。
金粟新开遍地霜,
傲立枝头上。

百花败时开,
一向无卑亢。
瑟瑟西风送逸香,
独隐谁人望。

采桑子·雪梅

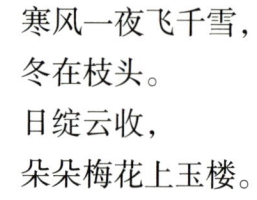

寒风一夜飞千雪,
冬在枝头。
日绽云收,
朵朵梅花上玉楼。

冰珠团绕弹香闹,
春在心头。
笑看闲愁,
千古贤能赢渡舟。

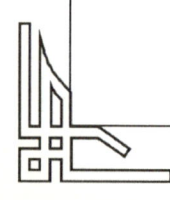

点绛唇·知秋

秋雨知风,
会了黄叶枝头意。
筹图遍地,
却有花相似。

梦里无端,
错把君来识。
平添起,
一些旧事,
常日常常忆。

浣溪沙·兜率天宫

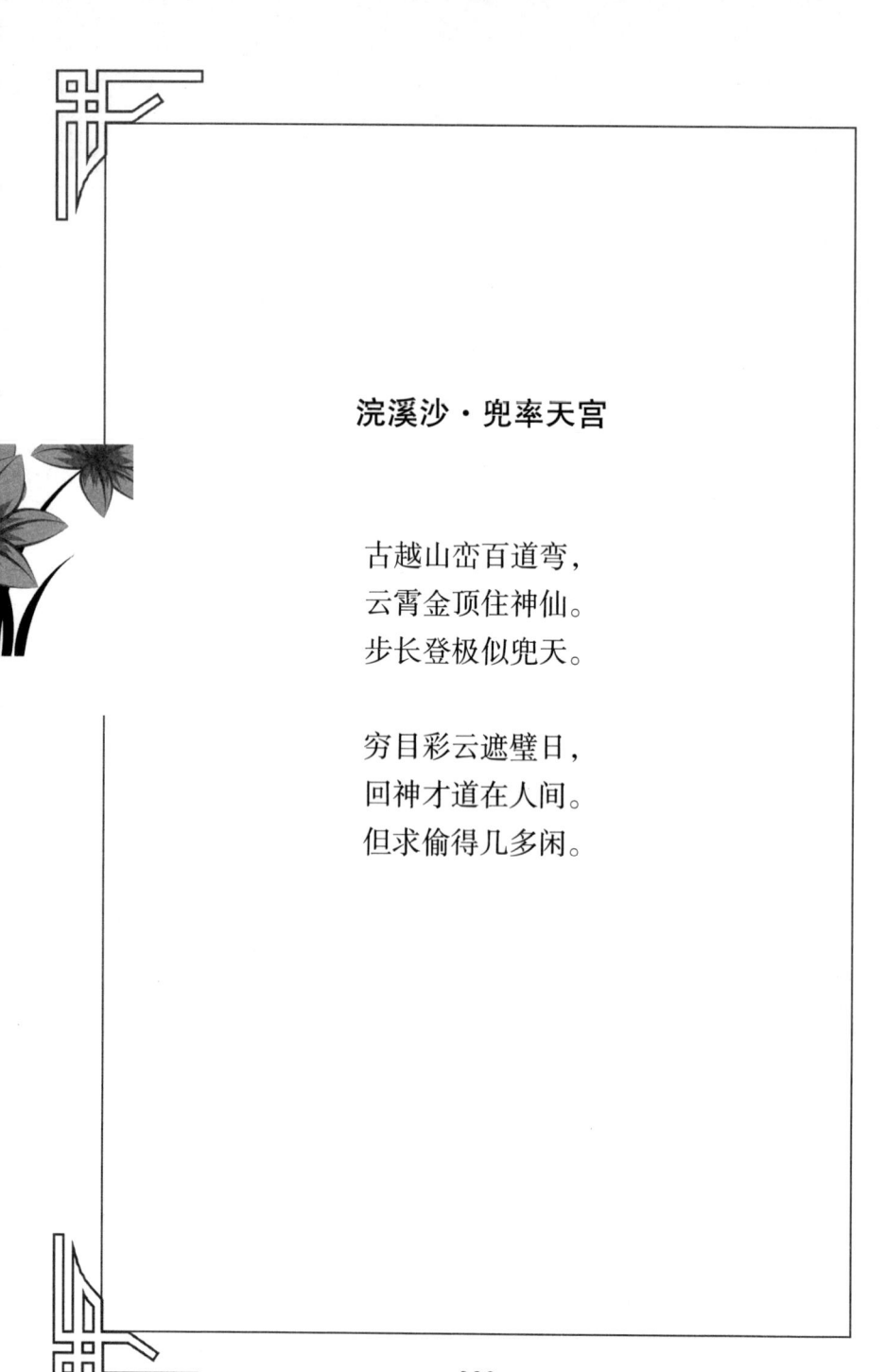

古越山峦百道弯,
云霄金顶住神仙。
步长登极似兜天。

穷目彩云遮璧日,
回神才道在人间。
但求偷得几多闲。

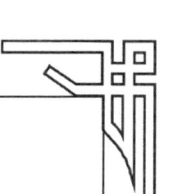

减字木兰花·散步

亲河小路,
午后阳光正漫步。
水皱微浮,
清影随波见绿桴。

雀鸥竞渡,
料峭早春霜未顾。
却是征途,
一叶扁舟摇玉壶。

浪淘沙·学习

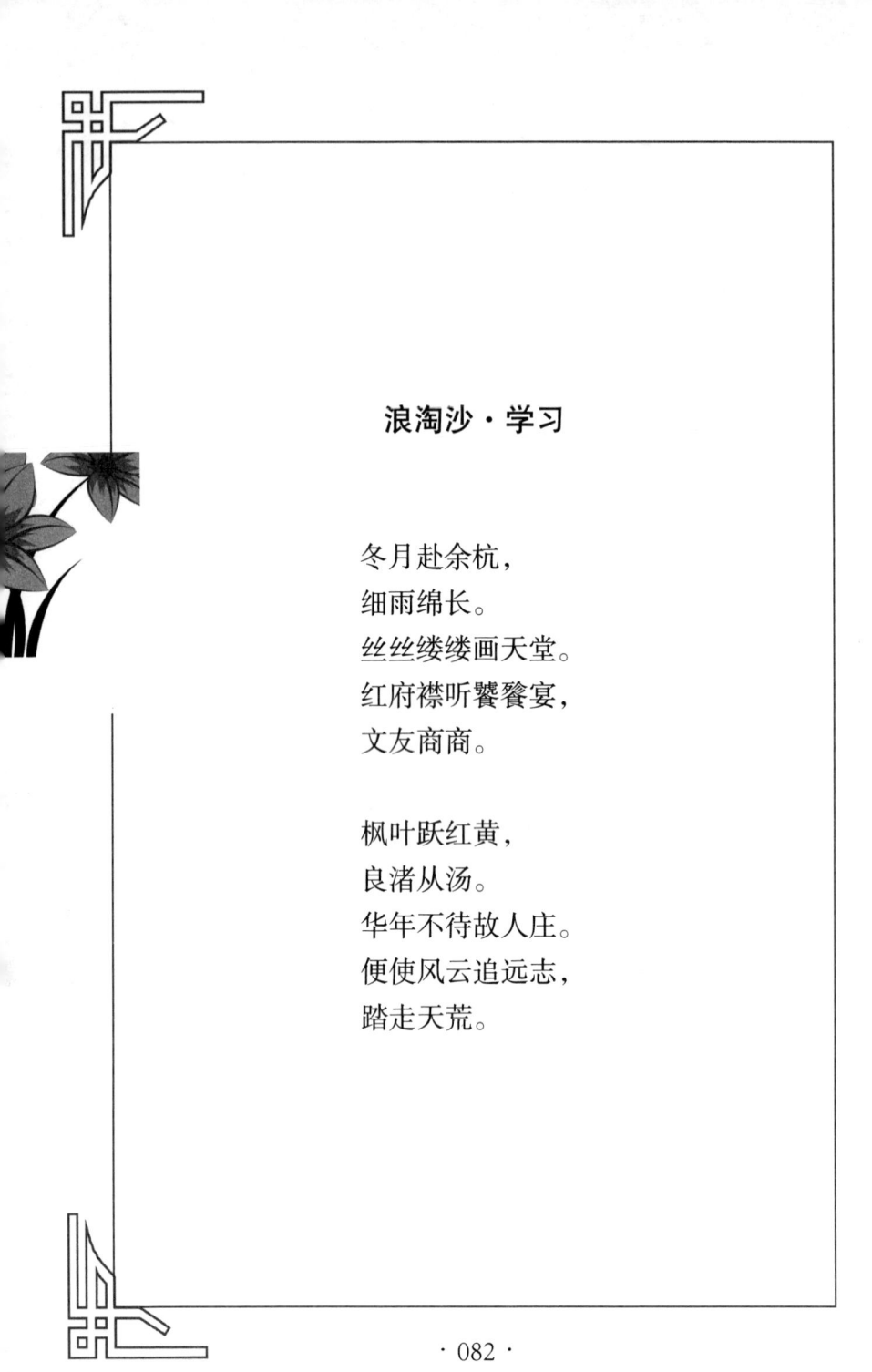

冬月赴余杭，
细雨绵长。
丝丝缕缕画天堂。
红府襟听饕餮宴，
文友商商。

枫叶跃红黄，
良渚从汤。
华年不待故人庄。
便使风云追远志，
踏走天荒。

南乡子·拾步

恰漫步飘香，
秋色铺陈渗满行。
墨绿丛中花锦簇，
深黄。
对岸芦苇识旧裳。

四瓣二心膛，
金桂微颔小路旁。
却道人间多碎事，
寻常。
一股清流倏入肠。

如梦令·粉黛乱子草

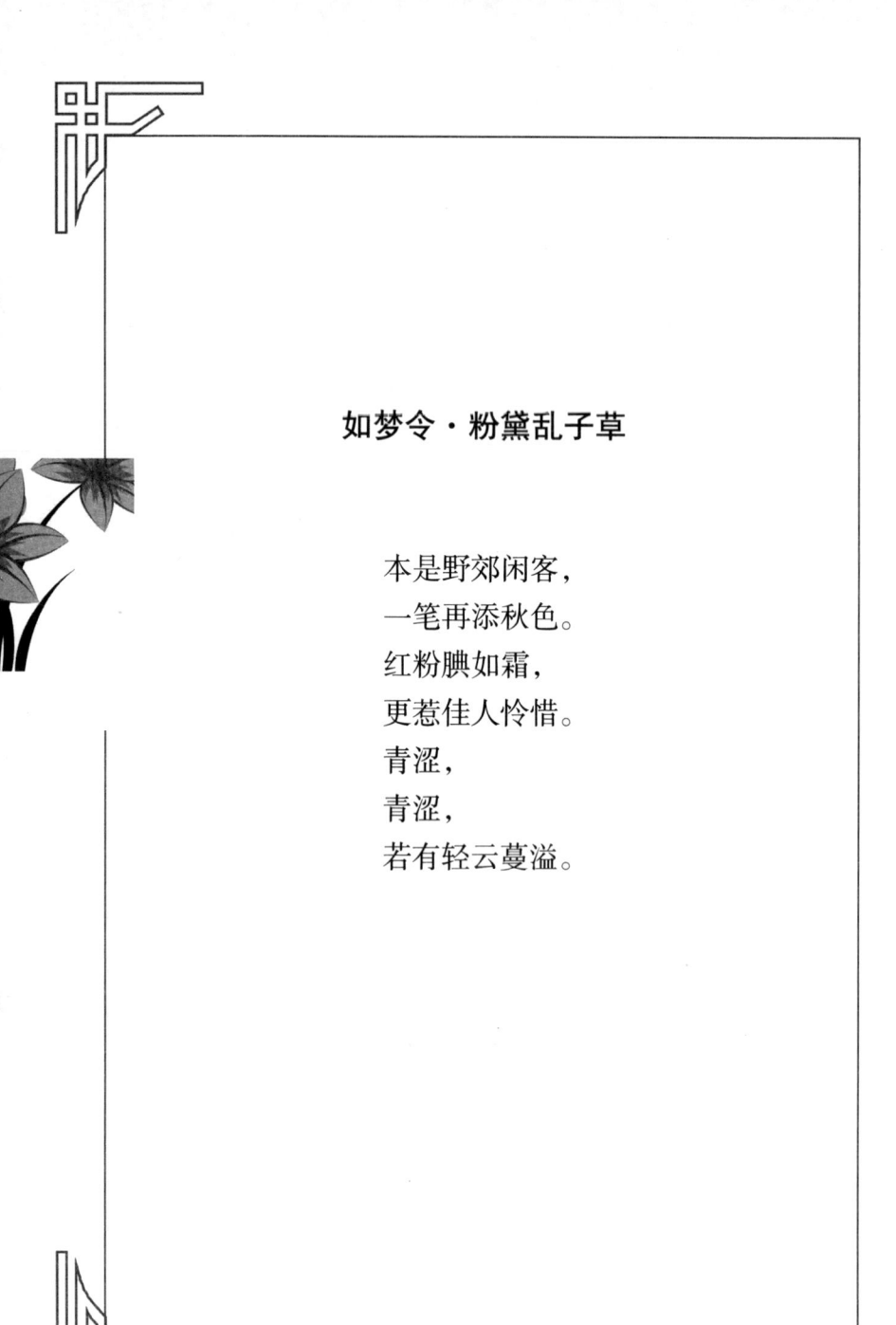

本是野郊闲客，
一笔再添秋色。
红粉腆如霜，
更惹佳人怜惜。
青涩，
青涩，
若有轻云蔓溢。

十六字令·茶

茶。
剔透轻盈似洛花。
斟杯后,
千绪辗为沙。

相见欢·题仕女图

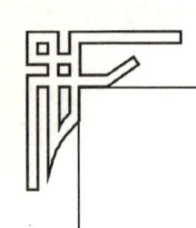

轻摇罗扇依梅,
正花肥,
春雨微遮、
舒袖展清眉。

玉珠佩,
琼枝沸,
蝶双飞。
倏地抖落心事、
似惊雷。

虞美人·武陵源

武凌问顶轻烟启，
寻步将军志。
菜刀二把立前川，
敢向乾坤拓路画新篇。

且看石海层峦替，
恰似仙人指。
砂岩嶂叠照苍天，
亿万时光聚拢在今弹。

浪淘沙·凤凰古城

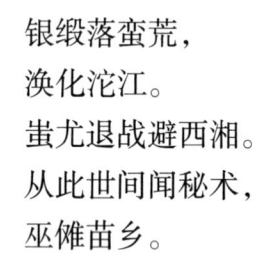

银缎落蛮荒，
涣化沱江。
蚩尤退战避西湘。
从此世间闻秘术，
巫傩苗乡。

吊脚木楼旁，
流水成伤。
从文一首凤求凰。
今看新砖累旧瓦，
九曲人肠。

太虚幻境

真假无中有，
悲欢转眼空。
迎来归去处，
何必问西东。

怡红院

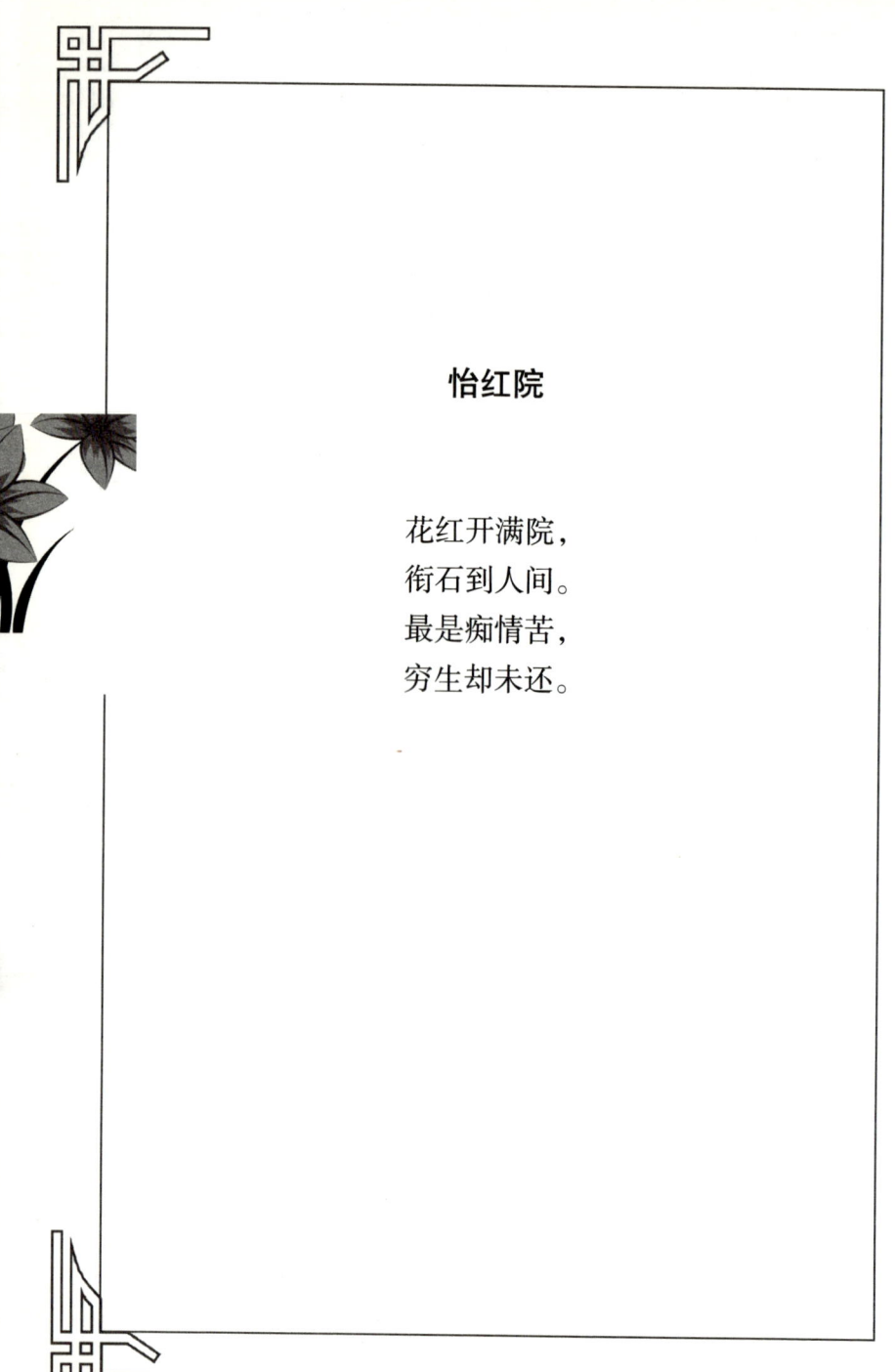

花红开满院,
衔石到人间。
最是痴情苦,
穷生却未还。

潇湘馆

花锄常有恨,
青竹本无心。
莫叹情深种,
诗文泪满襟。

蘅芜苑

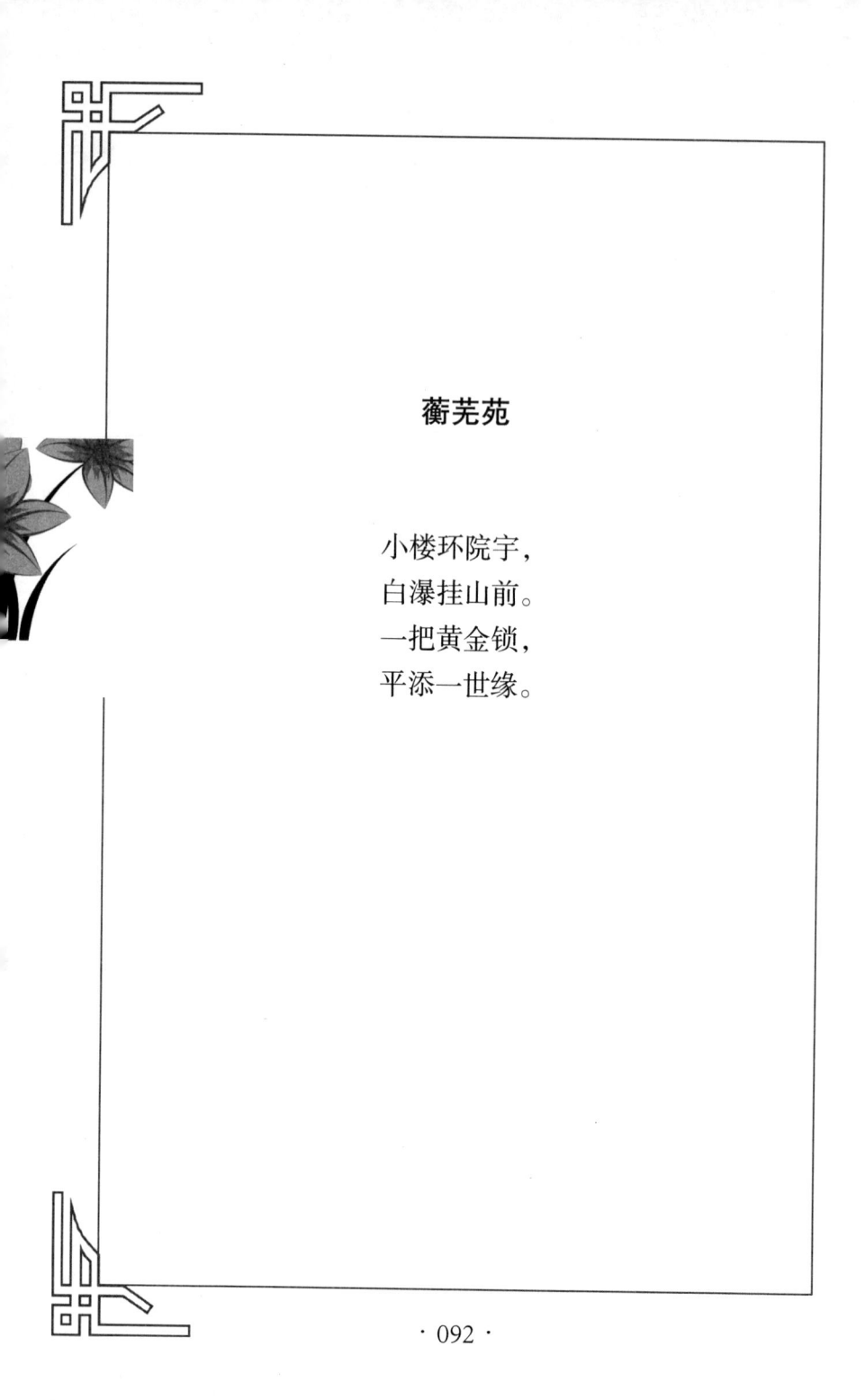

小楼环院宇，
白瀑挂山前。
一把黄金锁，
平添一世缘。

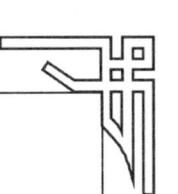

稻香村

黄叶铺红地，
清萧锢少华。
长廊回转去，
旧日美人花。

栊翠庵

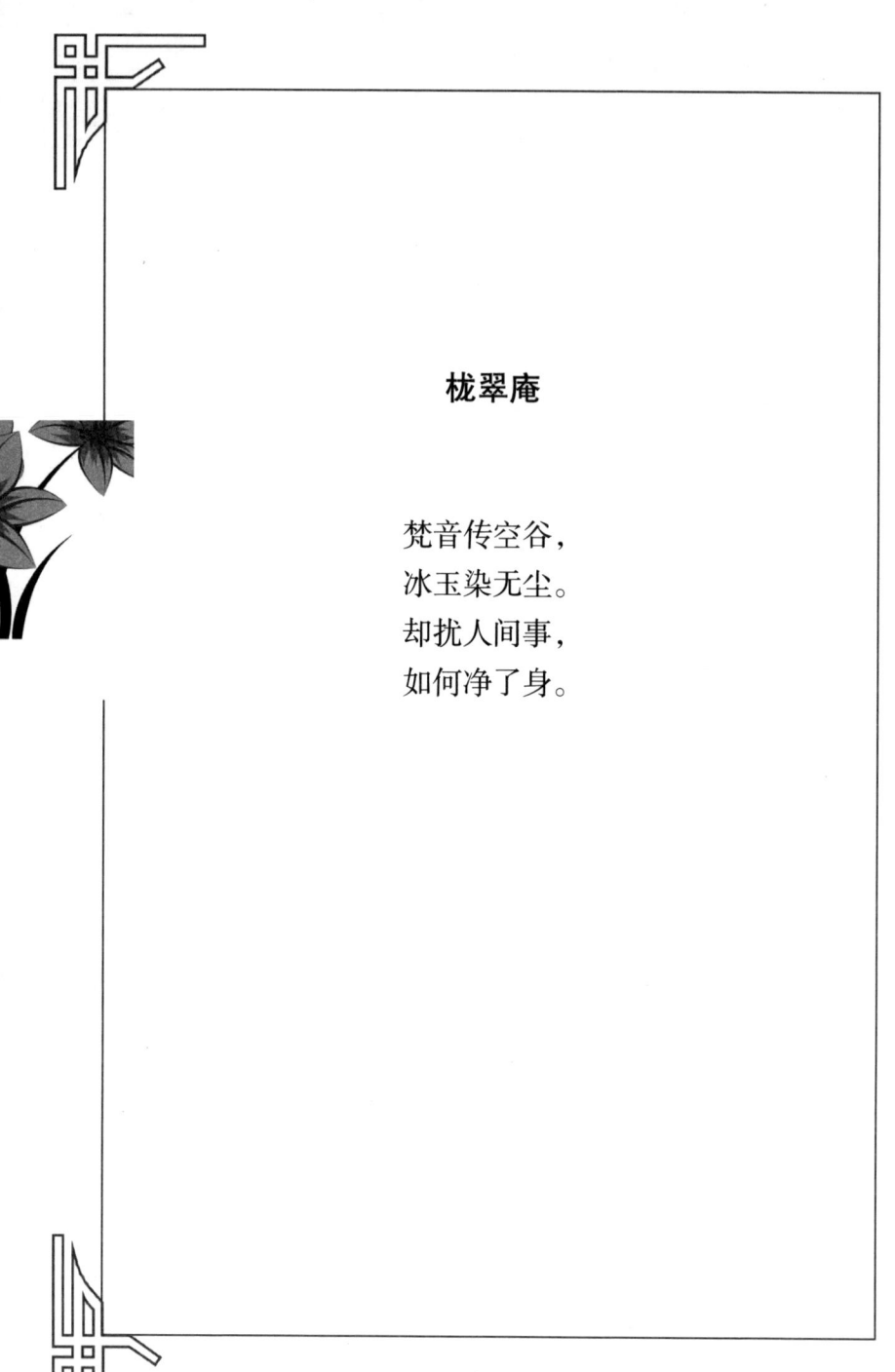

梵音传空谷，
冰玉染无尘。
却扰人间事，
如何净了身。

舫　屋

葫芦堪玉琢，
疑舫拜书吟。
醉白池中菡，
廊观古到今。

栖 鸟

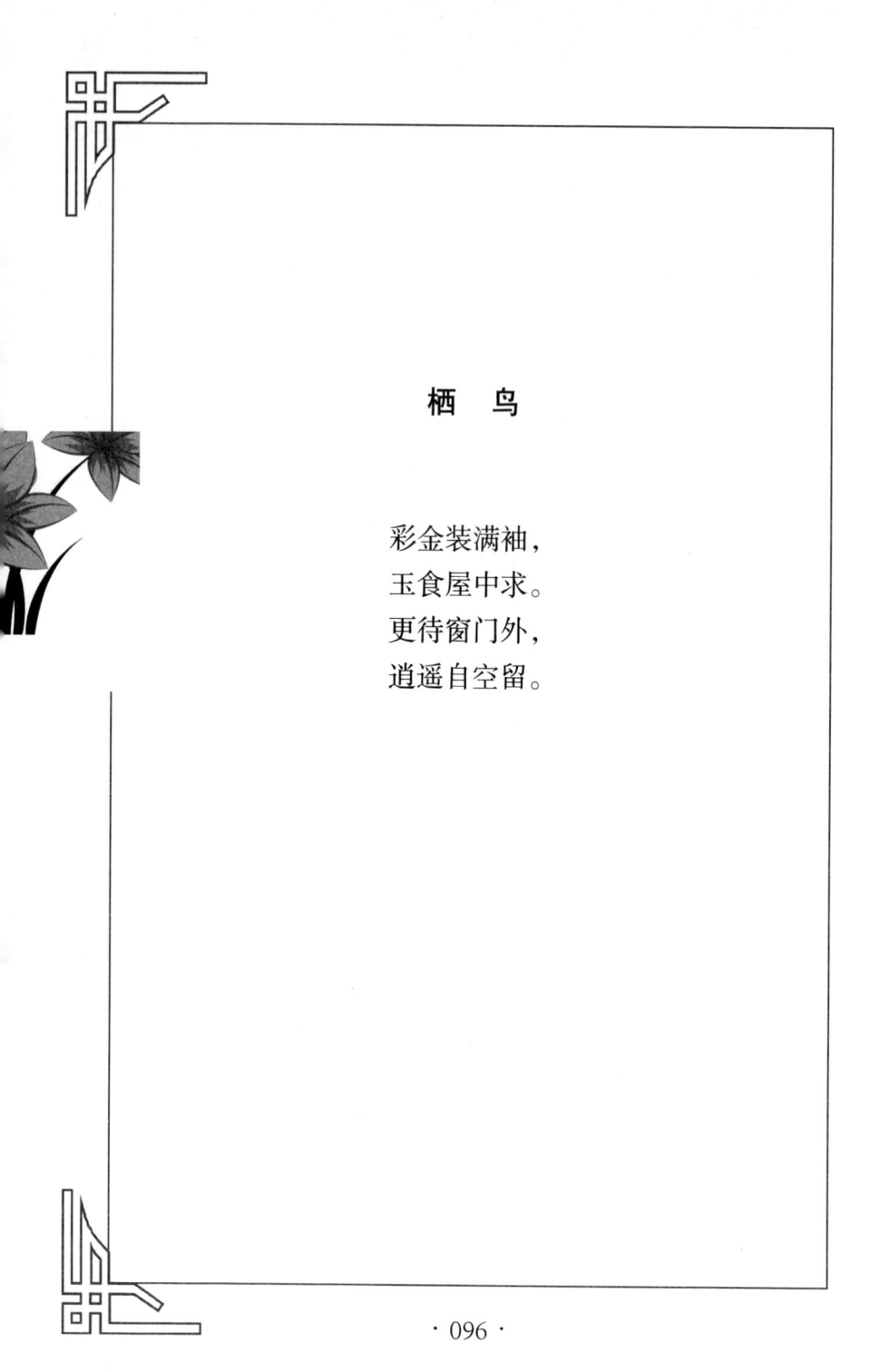

彩金装满袖,
玉食屋中求。
更待窗门外,
逍遥自空留。

喜予花事

粉绿红黄立,
参差主客间。
修裁皆有道,
喜予化平川。

仙都鼎湖峰

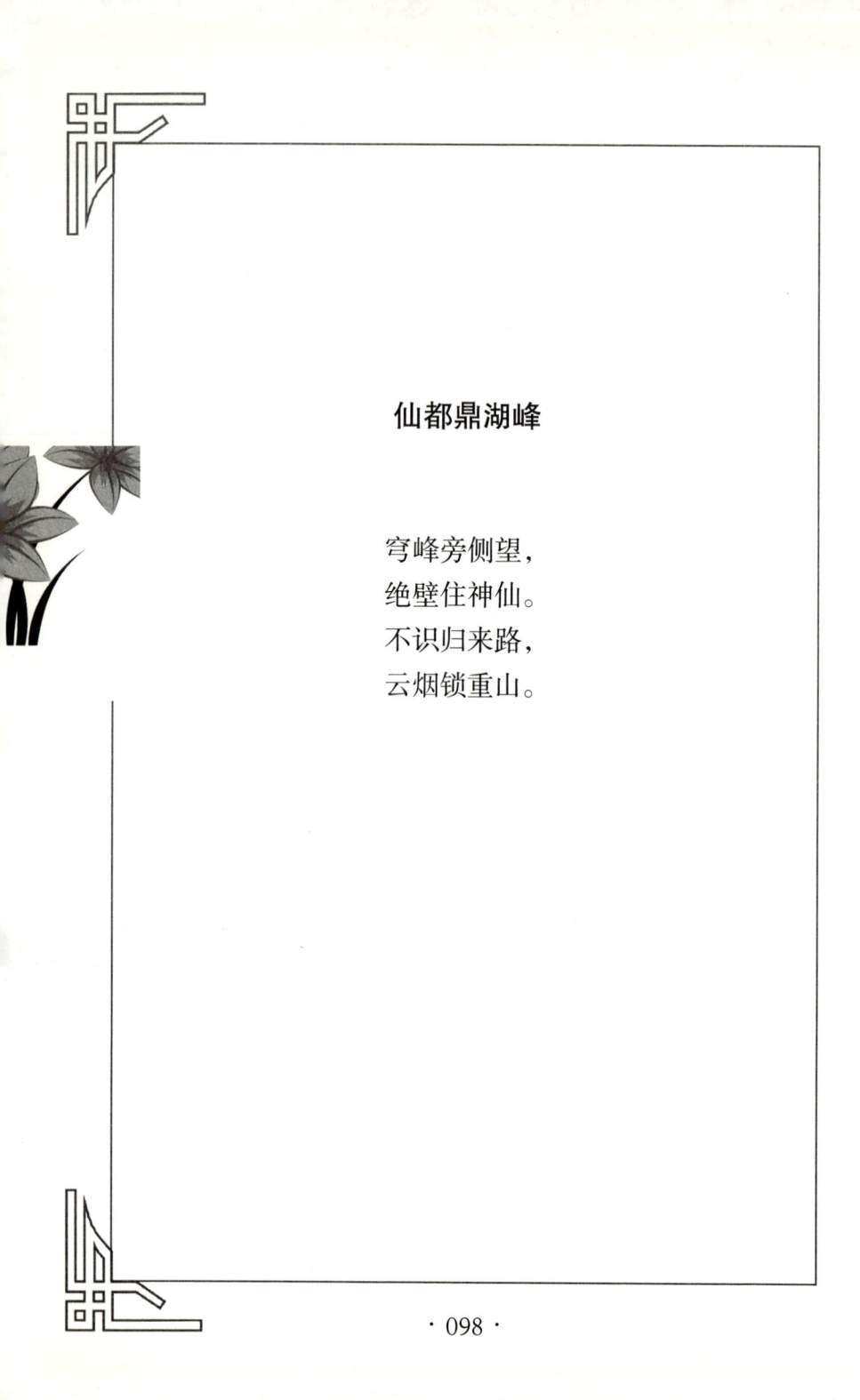

穹峰旁侧望，
绝壁住神仙。
不识归来路，
云烟锁重山。

秋遇杨家宅

满目芳无尽,
黄金稻米长。
小河交错处,
秋深暖人堂。

陈望道译共产党宣言

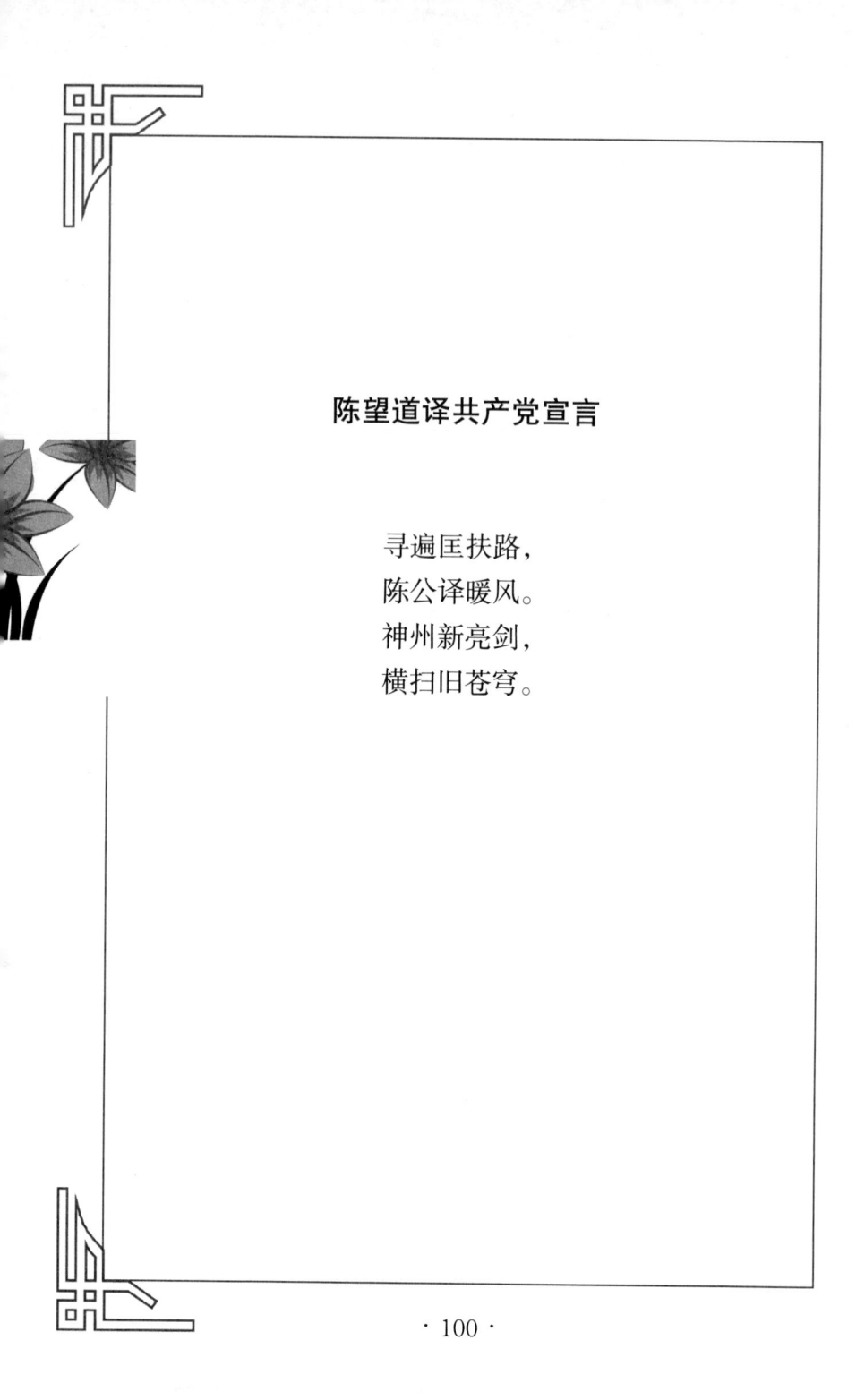

寻遍匡扶路,
陈公译暖风。
神州新亮剑,
横扫旧苍穹。

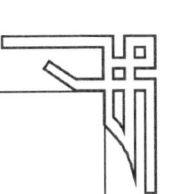

黄浦码头

金笛声声远，
重洋负笈台。
勤心思报国，
学贯待归来。

参观国歌馆

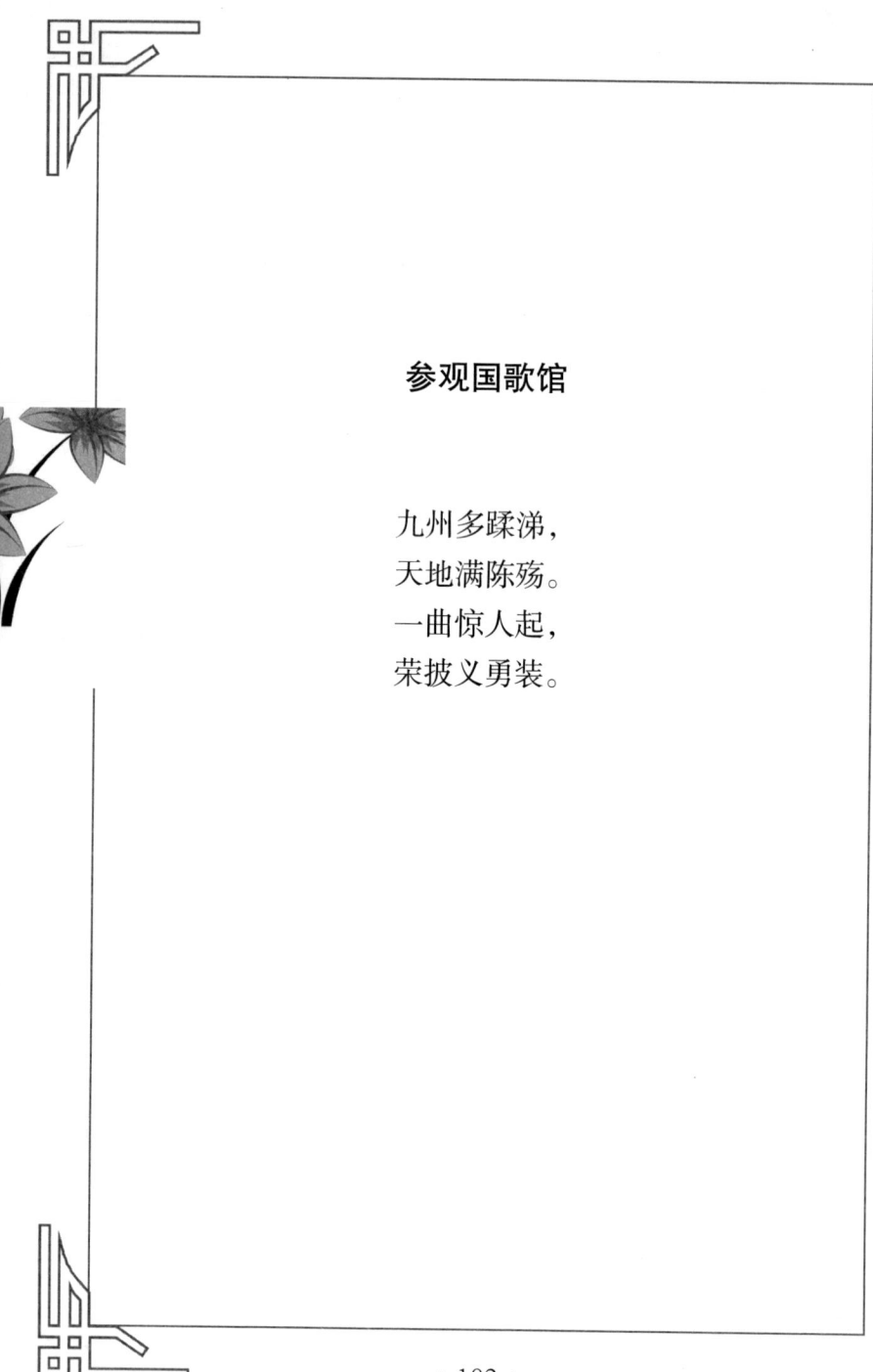

九州多蹂涕,
天地满陈殇。
一曲惊人起,
荣披义勇装。

金　山

晨曦林间照，
迎我入金汤。
秋色弹沙岸，
青云踏细浪。
满村渔事乐，
又闻灶台香。
被问何来客，
纷繁闹市堂。

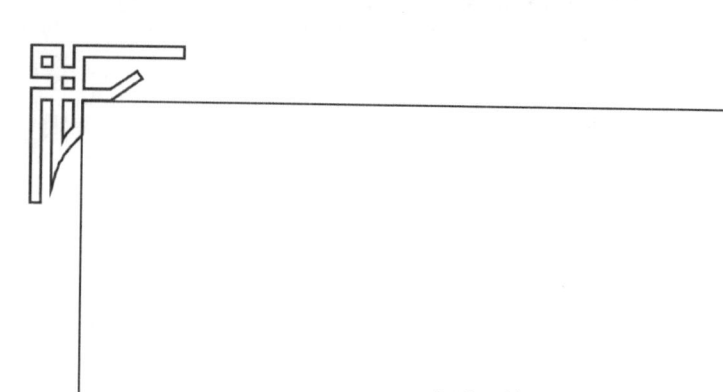

新场游

缓步新石笋,
凭桥点木廊。
青阶迎碧日,
船橹落骄阳。
旧识闻新友,
群声论字行。
酒酣时未了,
勤月举星光。

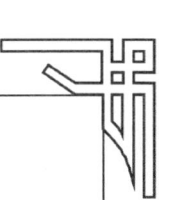

夏 荷

接天碧叶荷塘满,
一朵红花向日开。
举目流连方步醉,
黄衣窈窕伴风来。

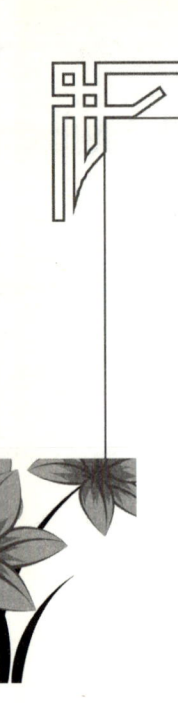

游　园

春花自古更多阕，
九彩容光遍处循。
今问何芳开最好，
尤怜弓背护花人。

唐　镇

暮春踏绿游唐镇，
烂漫骄阳草木痴。
月季争开盈满地，
诗词斗放盖空池。
众人畅饮谈唐盛，
一口轻吞落笔迟。
遥想李唐文绰绰，
今番赋作亦唐诗。

夕　阳

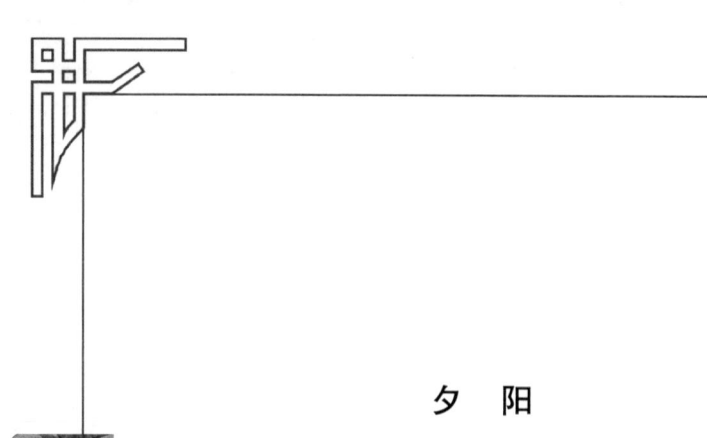

夏风吹散连天雨，
驾起轻云访乐园。
绿野群芳生趣闹，
红楼小院落栖闲。
沉疴耄耋多安逸，
精干韶华少负担。
恰闻来人吾学妹，
感夸倍有俊才添。

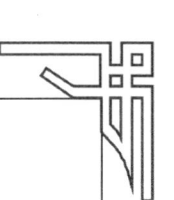

吴泾印象

暖风三月吴泾过，
王谢春申第一湾。
杏柳迢迢垂绿岸，
桃梨朵朵望青山。
旧曾渡口无灰影，
昔日烟笼去紫颜。
科技迎头时尚领，
睦邻携手入新寰。

金领谷

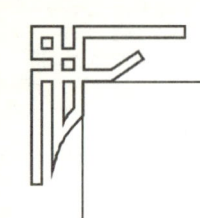

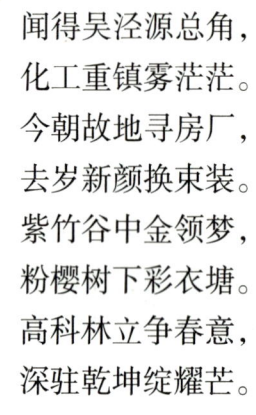

闻得吴泾源总角,
化工重镇雾茫茫。
今朝故地寻房厂,
去岁新颜换束装。
紫竹谷中金领梦,
粉樱树下彩衣塘。
高科林立争春意,
深驻乾坤绽耀芒。

卷三 时光缝隙

蝶恋花·崇聚

红酒轻轻推换盏。
骤雨惊雷,
海岛茕茕站。
烈日当时风下淡,
众些亲友围团扇。

六堡茶间添旧忆。
更有青梅,
怒笑情中涕。
丝竹忽闻侵满室,
玩通中外还崇地。

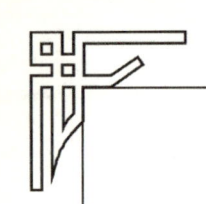

满庭芳·除夕

丁酉辞年,烛光飘曳,去别今岁无眠。
载歌轻舞,腾起化云烟。
窗外风声络络,凭栏望,星海延绵。
琉璃夜,双亲同我,西浙小居闲。

言言。冬未尽,青青已立,芳草卿怜。
细悉调香茗,一饮波澜。
光景今宵正好!心如水,疏影无端。
烛光短,烟花阕起,千缕画潺潺。

念奴娇·读明清短篇小说

朝阳初见,雾轻弹、浩渺苍穹千里。
俯看延绵江海浪,拍岸卷沙掀底。
书卷长流,徜徉不歇,近入章回体。
三言二拍,念聊斋悟真谛。

纵想人鬼神狐,富强贫弱,却盼真情至。
莫笑书生痴醉梦,但看花魁娇丽。
恩怨亲疏,风云俱散,空载千秋世。
是非功过,只留书供长思。

念奴娇·译共产党宣言

小楼红瓦,杏园中、风雨百年亭立。
共产宣言中译事,诞自陈公雄笔。
旧日中华,铁蹄蹂躏,破碎山河泣。
遍寻正道,杰豪天下寻璧。

忽听无产工农,马恩思想,可解神州厄?
奋饮一杯踌壮志,满纸兰香飘逸。
拭笔才知,口中渴饮,却是稠浓墨。
一杯真理,染红了百年册。

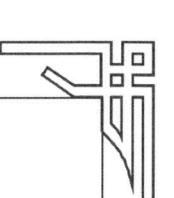

沁园春·纪念留法运动百年

鸿鹄齐飞,赴法勤学,已逾百年。
念茫茫昔日,杨河江畔,因幡丸号,穹志屏栏。
腐朽中华,沉疴顽俗,枪火欺凌向那般?
书生忿,看少年英朗,亟换新颜。

重洋西渡之间,且衣简工勤尝素餐。
又常相师友,车轮机傍,烛油灯下,庚夜长笺。
武略文韬,匠人科技,归建神州谋彩篇。
更追忆,诉今朝强盛,宽慰他颜。

青玉案·青蒿素（中华新韵）

金秋围坐楼台户，
喜报至，为何故？
诺奖倾心医药路，
梦中花落，
远帆重渡，
一朵青蒿素。

巾帼勇闯荒霾处，
古老顽疾顿失步。
笑看荣光铺满树，
点燃梦想，
摘星拭目，
续走荆棘路。

清平乐·贺母校甲子生辰

风云合奏,
同贺岐黄寿。
柳絮芳菲花亦厚,
欣事直奔天宙。

内经温病同酬,
伤寒金匮齐楼。
甲子生辰携卷,
千秋数载回眸。

清平乐·神州同贺新春

拜年声骤,
万束烟花瘦。
朵朵红梅齐放奏,
福祀急奔天宙。

月光盈亮明眸,
随风展袖琼楼。
齐享良辰美景,
笑颜共贺神州!

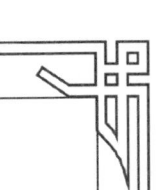

清平乐·庆生

岐黄精术,
千载研修路。
功欲防疾于脏腑,
山水寻于苍木。

青囊海派承传,
中西携手舒肝。
不惧垂垂长卷,
恰汲汲弱冠年。

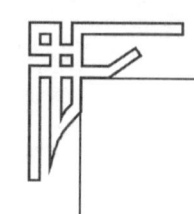

水调歌头·旗袍

皓月当空笑,轻舞弄云端。
遥听音韵攒动,今夜有何缘?
欲辨声波来处,俯瞰人间光景,曼妙入红颜。
莺燕骑停处,细细画斑斓。

众佳丽,齐争艳,已忘言。
美袍修体,锱壁满目是娇妍。
几许古风精粹,几许新妆华冠,携手汇清泉。
途径凭栏处,流水化经年。

乌夜啼·夜思

西风夜伴轻烟,
皱芳栏。
独坐琉璃台下、
抱琴弹。

前路慢,
摘星月,
去辛寒。
小卷窗声声令、
为扬帆。

西江月·辛丑元夕

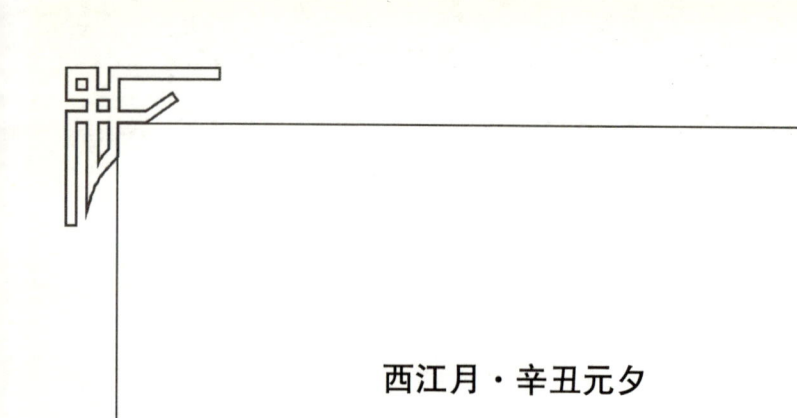

细雨又添新冷,
花团局促频开。
适逢圆月挂枝台,
无奈厚云穹盖。

窗下明灯正举,
围炉烹煮茗材。
小巡换盏玉浆来,
莫负韶光恰在。

踏莎行·抗击新冠

亥岁还时,
正迎新历,
神州却料添凶疫。
数风荼恶众人哀,
千街闭户千家泣。

祸急燃眉,
白衣行逆,
身披奋勇临危室。
而今荆楚早樱开,
盼看人间更除厄。

虞美人·庚子中秋

端杯酌酒邀明月,
秋夕重歌阕。
小轩窗外桂香来,
一幕千年流转百千还。

人颜衣袂几多改,
仍道心情在。
而今轻泪是何般?
同渡时艰家国贺团圆。

虞美人·于庚子除夕

清云转首红绸顾,
又落天边雨。
忽闻丝竹破琼霄,
好似牧童牛背唤明朝。

长盘满桌更颜展,
玉露杯中婉。
千言还说却无词,
轻化平安长乐颂君祺。

乌夜啼·琴

入夜轻风慢,
闲庭信步纤纤。
依稀耳畔琴声动,
举首见云烟。

亭下余音缭绕,
悄然拨动心弦。
千金难买知音醉,
星月共缠绵。

谒金门·棋（新韵）

初入夏，
围坐紫藤廊下，
护相飞车还走马，
观瞻须莫话。

一步一思莫怕，
谨慎笃行争霸，
不辨黑白不作罢，
淡然皆驭驾。

忆江南·书

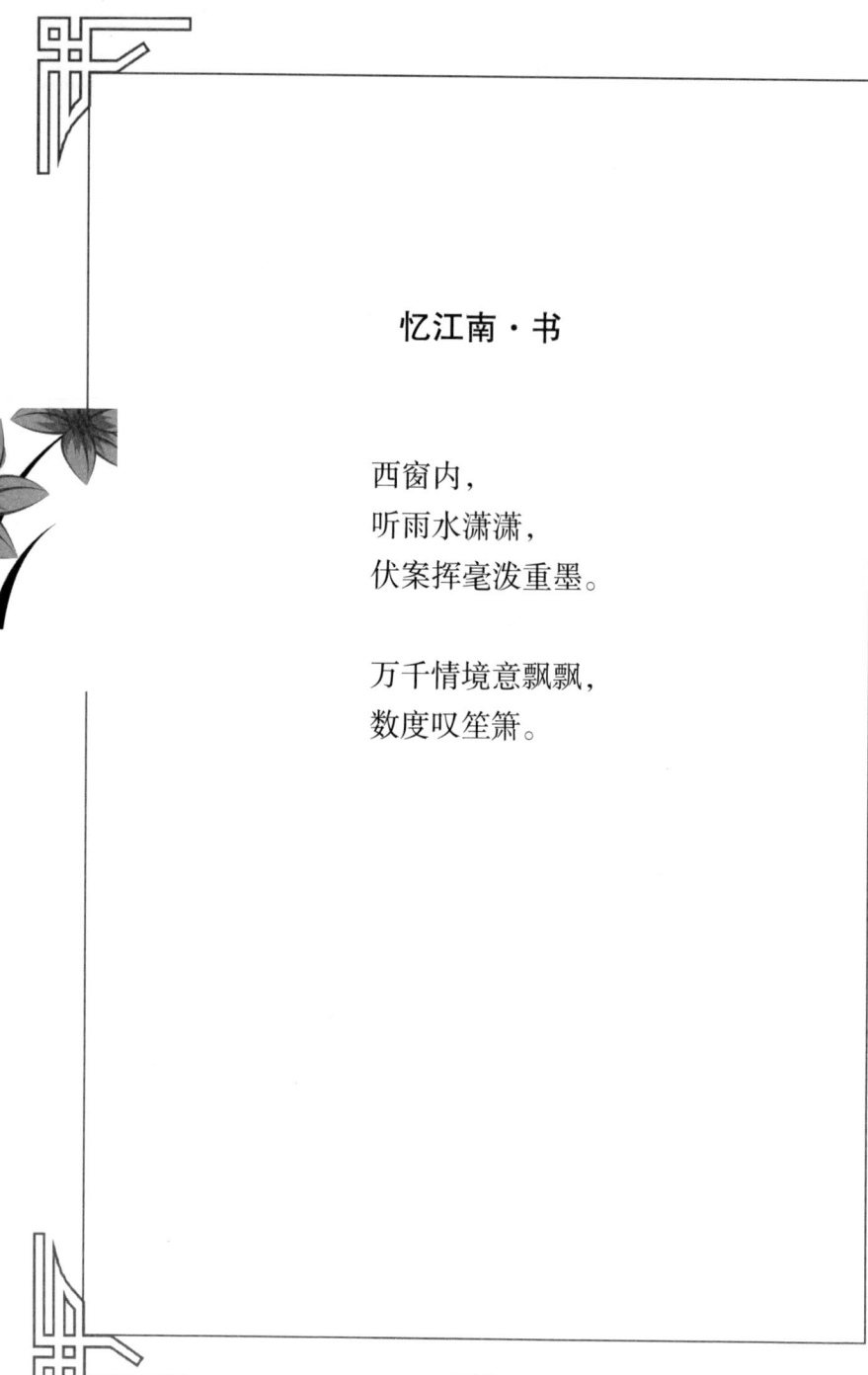

西窗内,
听雨水潇潇,
伏案挥毫泼重墨。

万千情境意飘飘,
数度叹笙箫。

浣溪沙·画

书案平铺画笔纤,
一方长卷欲遮帘,
淡妆浓抹念江南。

遥想风清云渺渺,
近观山伟水涟涟,
心思牵挂是家函。

浪淘沙·诗

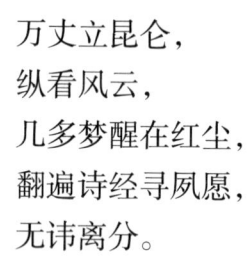

万丈立昆仑,
纵看风云,
几多梦醒在红尘,
翻遍诗经寻夙愿,
无讳离分。

昂首望星辰,
横渡无垠,
布兵沧海觅规循,
笑看人生千百劫,
笔墨耕耘。

醉花间·酒

湖光潋滟云浩瀚,
清灯屋气暖。
疏影水迢迢,
吹皱红纱幔。

独酌花玉案,
郁悸何时散。
蛊毒种欲念。
横杯万盏醉迷离,
销千愁?
空是叹。

江南春·花

春雨下,
种田间,
香甜开满溢,
浮景似神仙。
逍遥行走红尘漫,
不与天公相比肩。

长相思·茶

茶清流，
水清流，
同品千家万户侯，
凭添闻道酬。

爱悠悠，
念悠悠，
相遇难调情意稠，
共修千古舟。

点绛唇·玉

漫步河床,
白鹅戏水春来报,
为何缠绕,
原是湍流抱。

石子安详,
静卧轻声道,
冲刷掉,
绽开玄妙,
温润眉间笑。

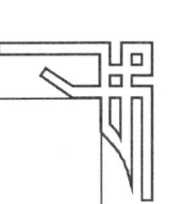

黄金茶

新绿丛中拭，
轻毫叶尽游。
茗香谁道早，
恰识早春留。

约　秋

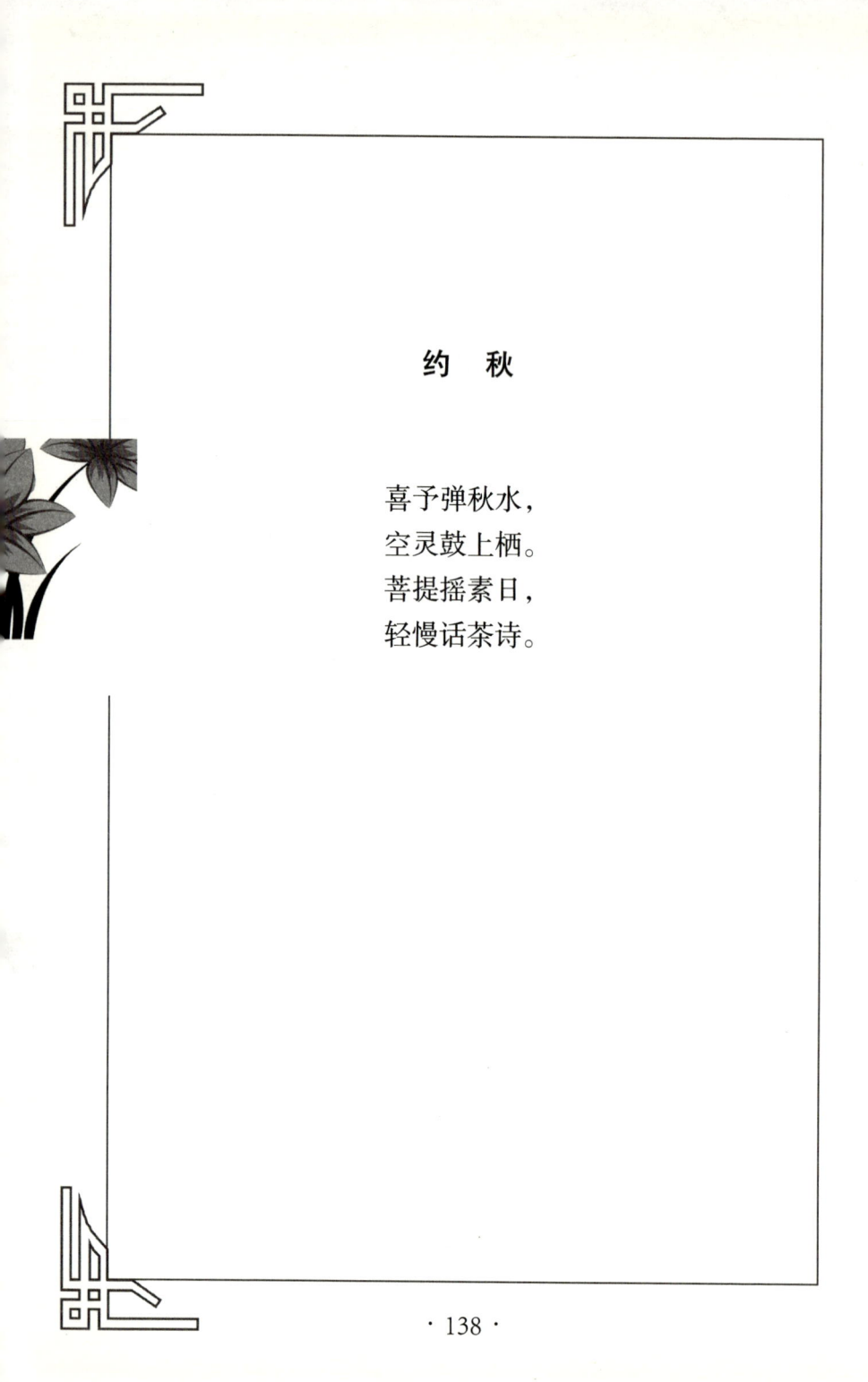

喜予弹秋水，
空灵鼓上栖。
菩提摇素日，
轻慢话茶诗。

医　心

曙光平地起，
千里照川林。
医道精诚术，
苍生纳入心。

百草贺生辰

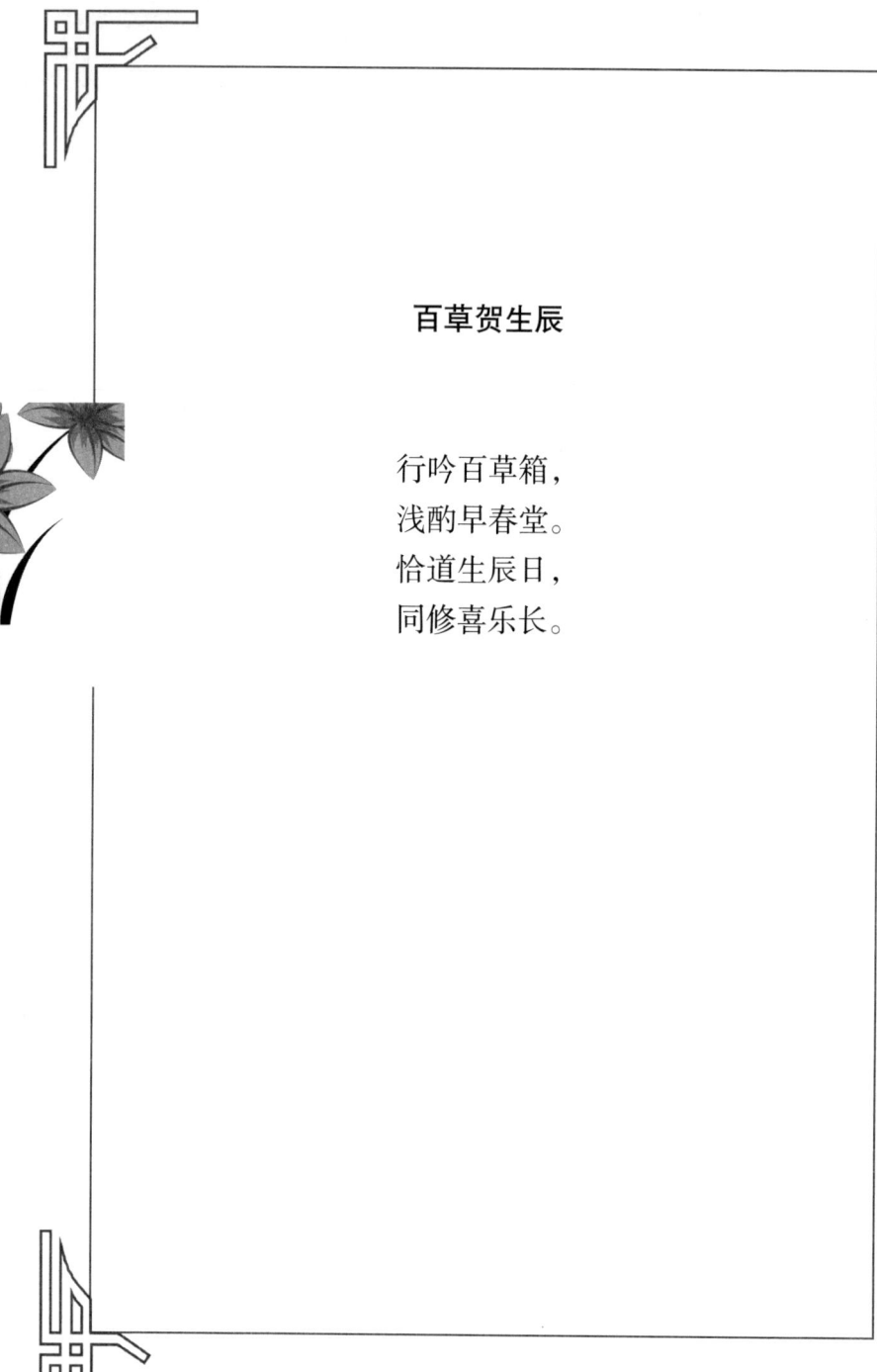

行吟百草箱，
浅酌早春堂。
恰道生辰日，
同修喜乐长。

画　语

满院芬芳好，
白衣似玉兰。
画中常寄语，
日日盼君安。

垃圾分类

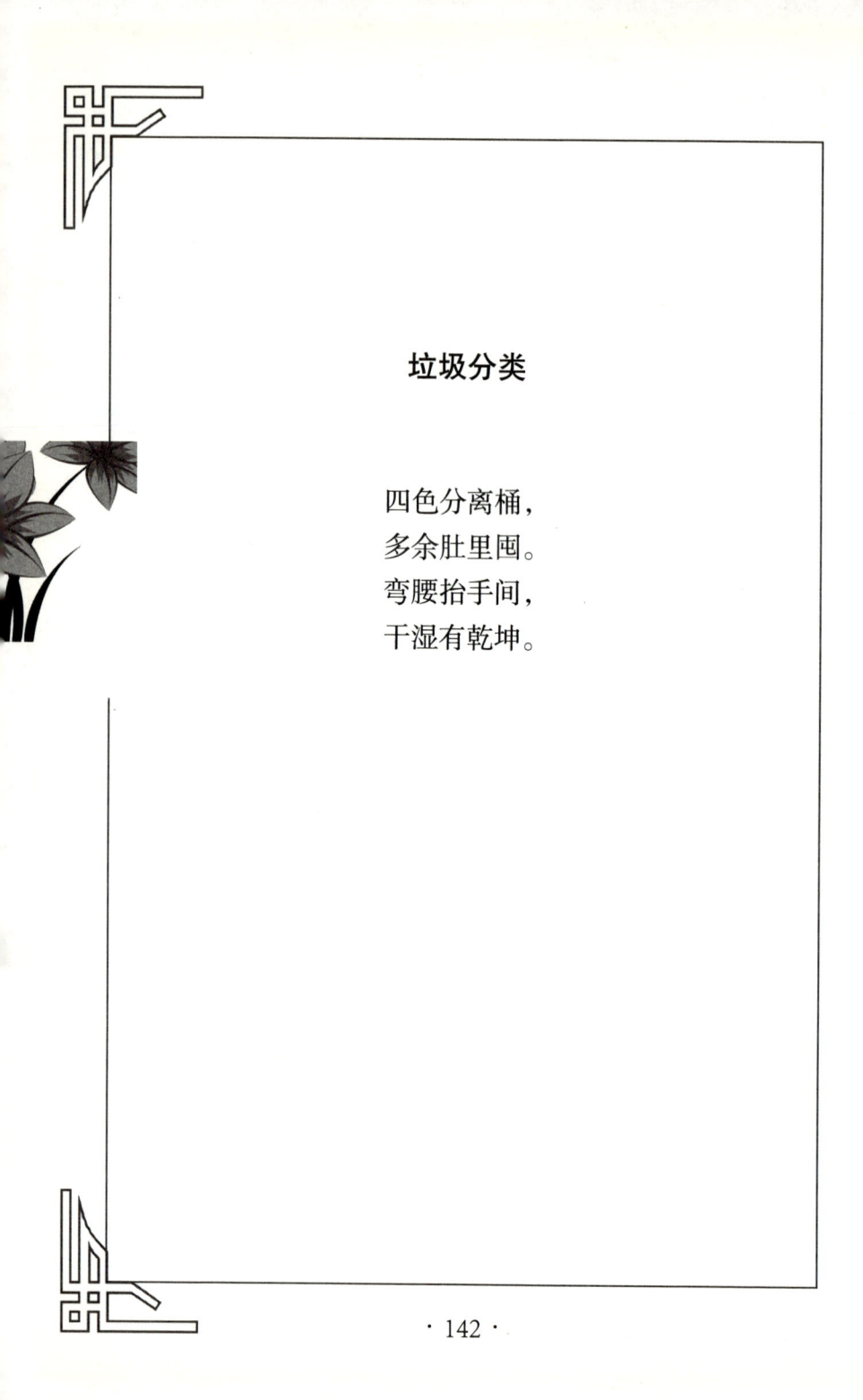

四色分离桶,
多余肚里囤。
弯腰抬手间,
干湿有乾坤。

早 春

细雨锁烟尘,
群鸥觅早春。
寒梅轻溅泪,
春意几时真。

金鸡报春

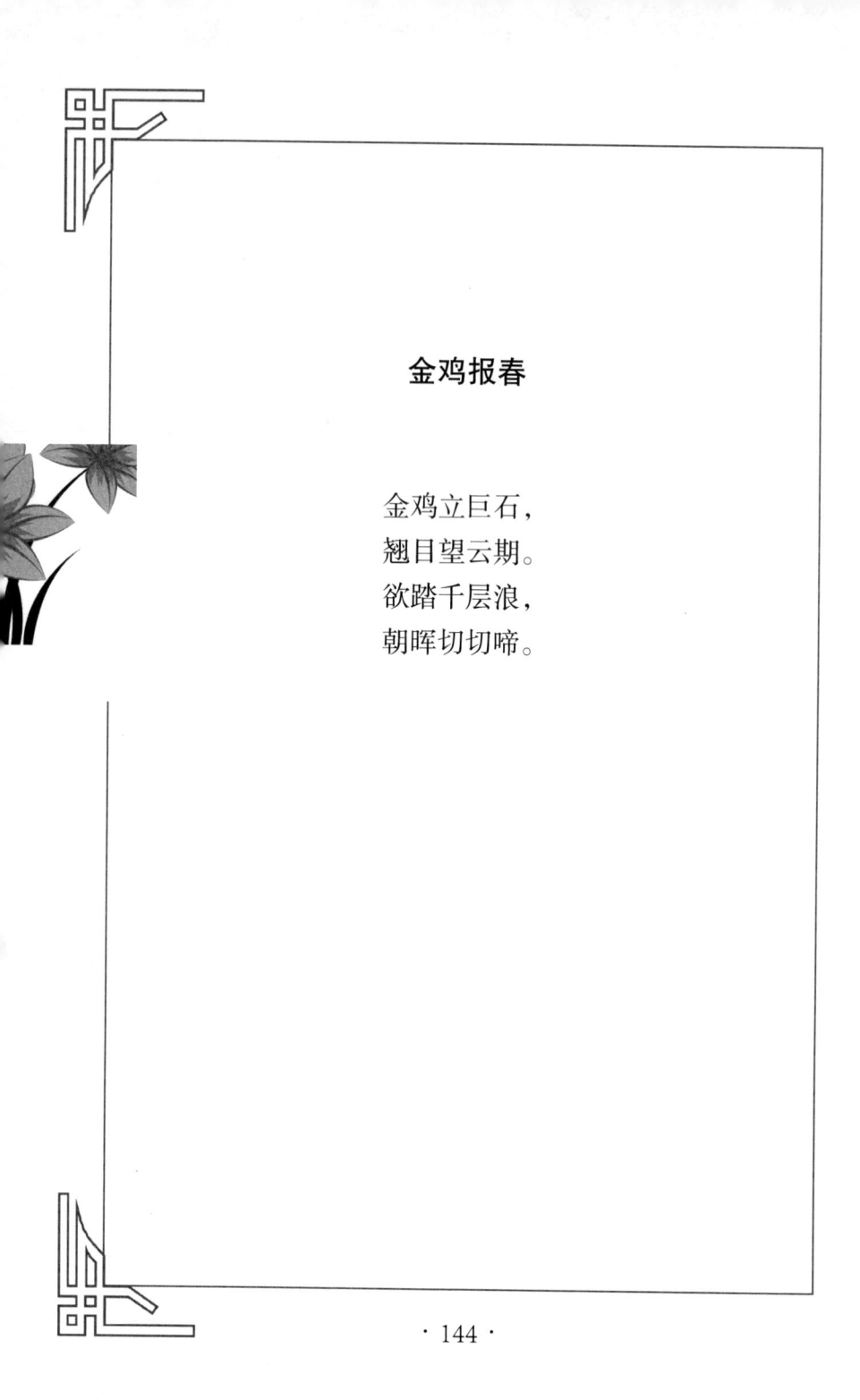

金鸡立巨石,
翘目望云期。
欲踏千层浪,
朝晖切切啼。

贺辛丑牛年

牧童藏旧草，
短笛唤新颜。
更进几跬步，
长空逐梦斓。

盼君还

细雨襄无厌,
春棠更盛装。
待时云日暖,
蜂雀采香忙。

不见君三月,
诗文寄日常。
群芳怜只影,
小路盼骄阳。

明澍春暖

春雨歇长眸，
亲迎日上头。
旧朋围粉座，
新友聚红楼。
缘喜因诗画，
颜欢胜玉绸。
茶梅斟满院，
再品更无愁。

国庆（中华新韵）

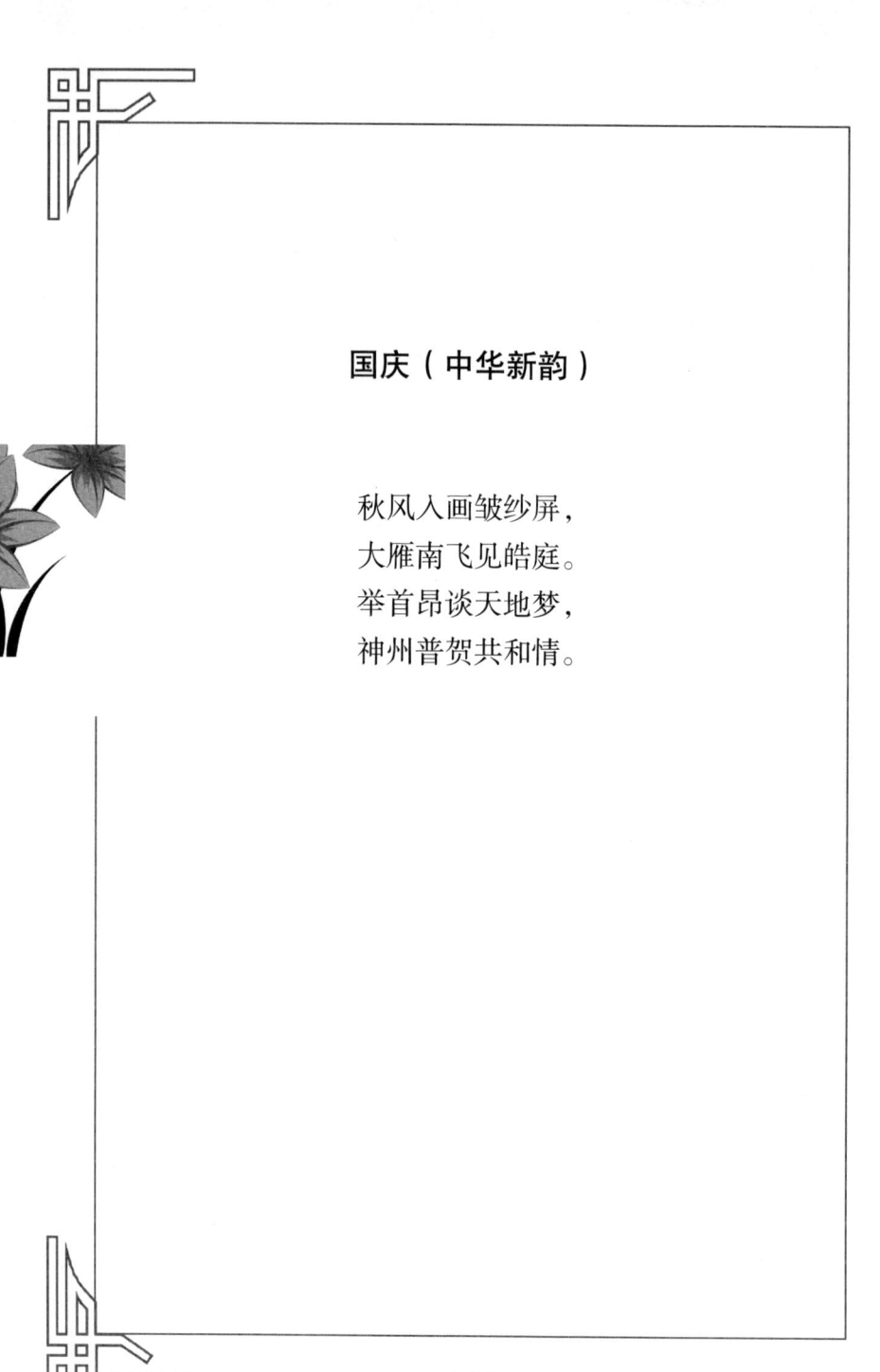

秋风入画皱纱屏，
大雁南飞见皓庭。
举首昂谈天地梦，
神州普贺共和情。

玉兰花开

春风又染枯枝木,
芳草抬眉见玉兰。
遥问沙场君可好,
曙光轻泻照家还。

元宵前夜

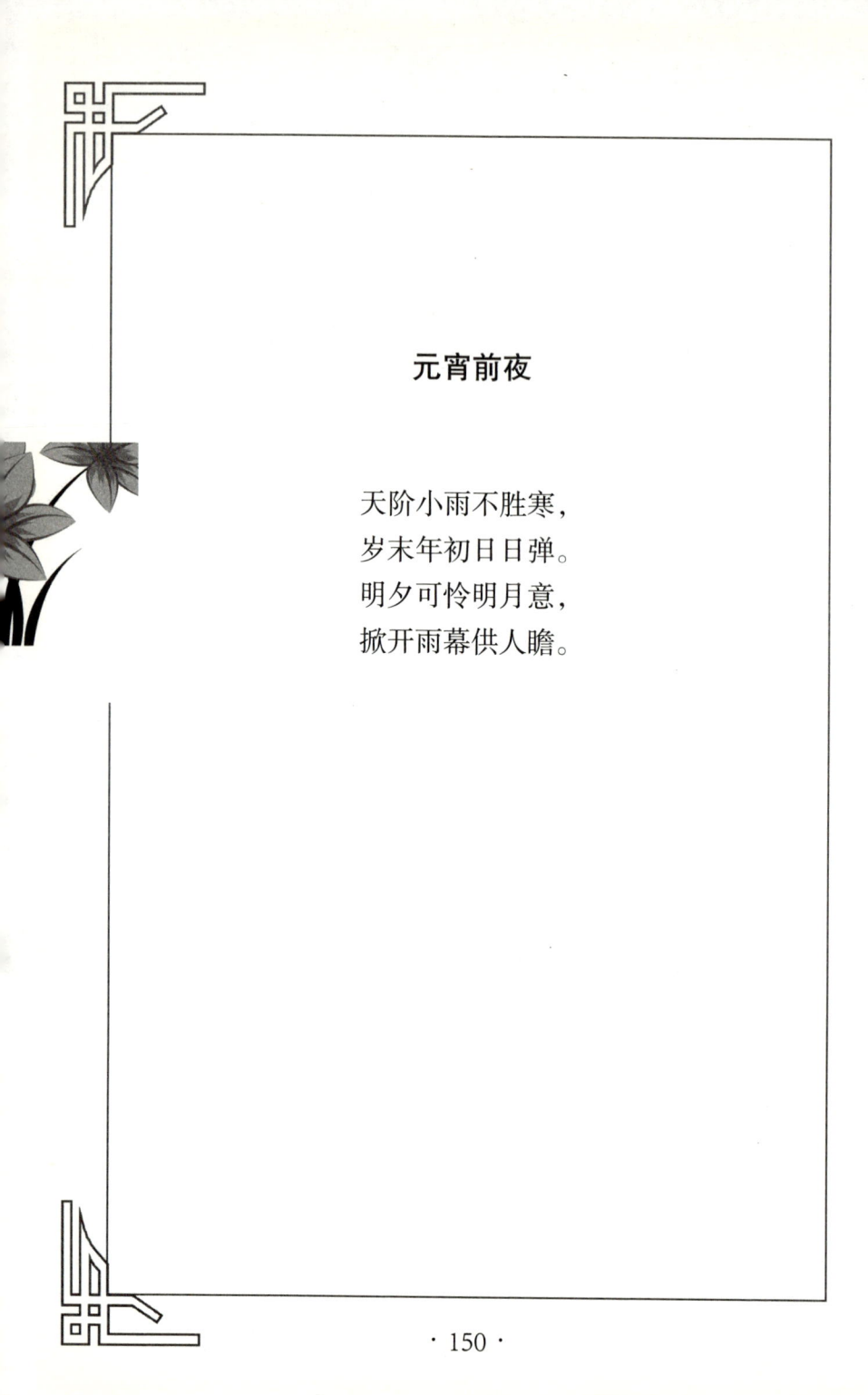

天阶小雨不胜寒,
岁末年初日日弹。
明夕可怜明月意,
掀开雨幕供人瞻。

贺新春

大伙围炉半日谈,
医途繁碌为何般。
德披天下千家暖,
泽济人间万户酣。
生愿扶伤承己任,
命将救护盼君贤。
曙呈红韵辞丁酉,
光洒新春尽展颜。

己亥正月初一

己亥新春南浙度，
秀山丽水冠仙都。
朝行山涧轻追梦，
晚驻农家小饮壶。
赤壁无关诸葛计，
东坡不借宋人渠。
忽如一阵倾盆雨，
堰坝群鹅报瑞猪。

六味地黄丸

遍体虚劳常累月,
古书有计可疏通。
茱萸熟地生精血,
泽泻丹皮退燥红。
五脉平和茯苓入,
六经健运山药功。
起居啖饮皆明辨,
指日行将耳目聪。

平林秋织

轻烟细雨东郊聚,
垂柳深依水上花。
论道麒麟望皓月,
吟诗鸾凤煮青茶。
徜徉画海瞻前景,
慢步秋林数细沙。
旧日新颜无尽展,
风云何惧不言夸。

石库门记忆二首

一

石臂青砖遮雨雪,
红门护我幼时年。
前楼晒被朝阳暖,
后灶生炉落日烟。
叫唤声声穿巷过,
步拖阵阵顺堂延。
今栖寓所多宽畅,
却念红门旧岁迁。

二

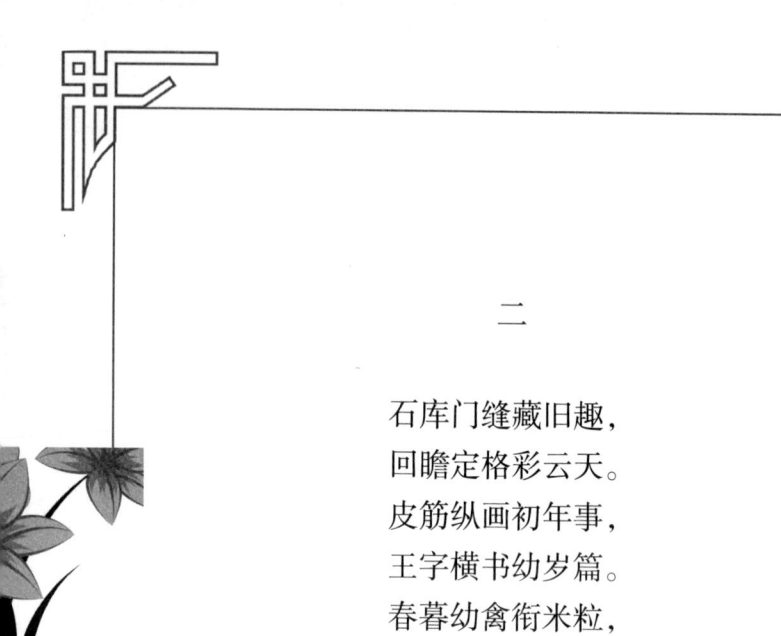

石库门缝藏旧趣，
回瞻定格彩云天。
皮筋纵画初年事，
王字横书幼岁篇。
春暮幼禽衔米粒，
秋初促织斗牙拴。
昔时玩伴旬三十，
聊念常相小梦牵。

友　聚

暑天不惧赴约忙,
旧日同窗聚一堂。
喳喋鱼虾钻饵罐,
飘香瓜果满箩筐。
读书品茗欢前院,
切馅调香乐后房。
更待夕阳西落去,
祈天灯火愿飞扬。

中西大医

岐黄峻道藏瑰宝,
古往医司去病忙。
百草亲尝除恶疫,
千方苦炼济苍茫。
横刀柳叶寻奇术,
携手中西问药囊。
义胆忠肝相照护,
杏林花木愈隆昌。

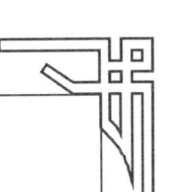

抗新型冠状病毒

旧历新符当换识，
菲菲霏雨伴天灾。
千城空巷无人往，
万户关门谢客来。
疫病穷凶荼祸起，
白医奋勇逆行台。
硝烟未起多酣战，
再送瘟神火与雷。

元 夕

一轮镜月当空照,
结彩门廊冷意消。
前路行人观庙会,
后厨慈母煮元宵。
勤游负芨还无歇,
甚念归家愈有骁。
待到下回圆月夜,
众人再聚数花娇。

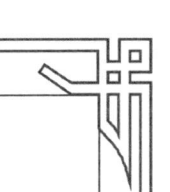

百年伟业四首

一

凭栏满目山河碎,
腐朽王朝尽怆然。
铁骑战盔燃烈火,
青眉布衣起波弦。
千方苦觅翻新法,
万卷勤研覆旧田。
红日东方更欲晓,
镰轮相映画新篇。

二

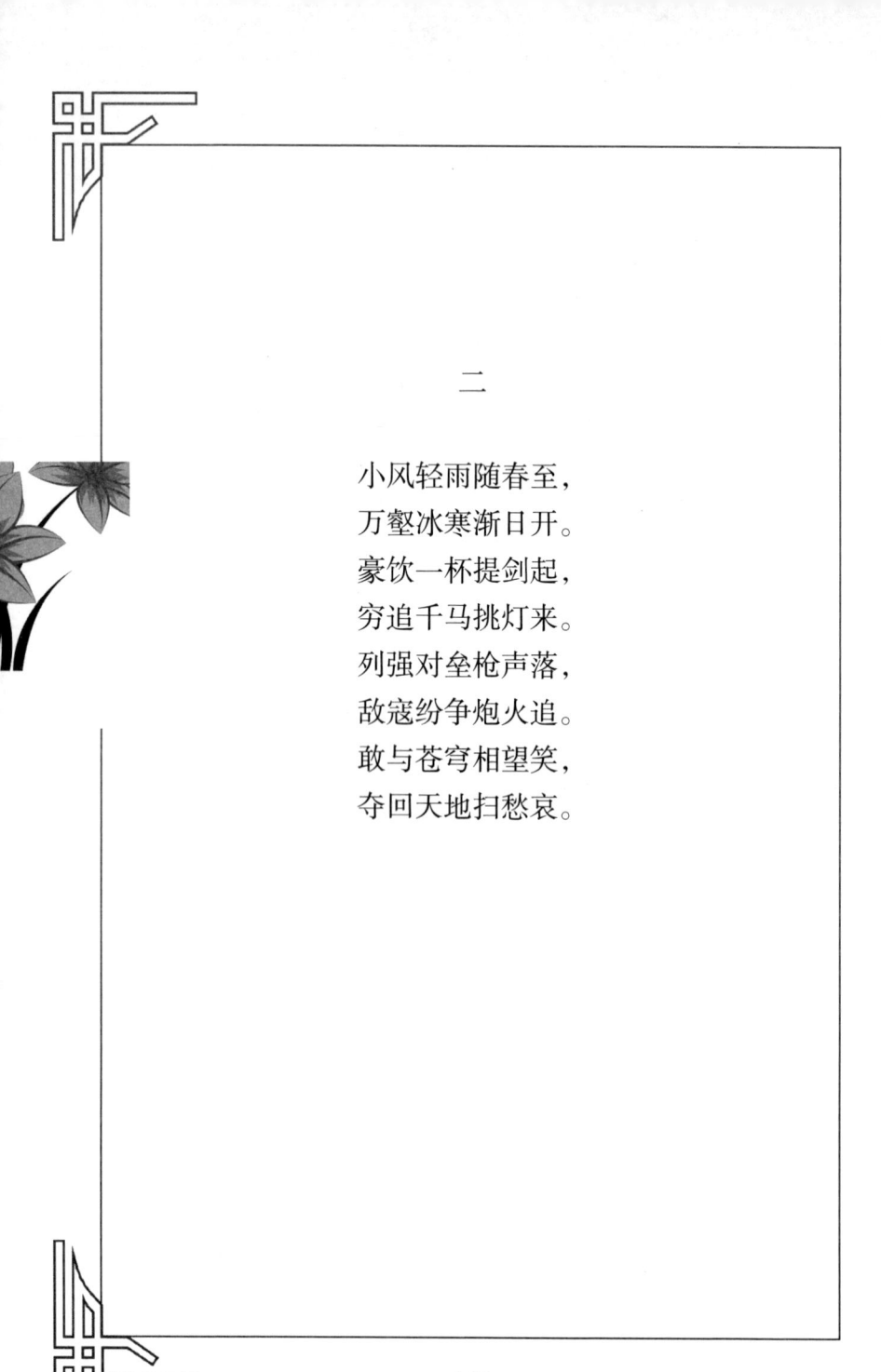

小风轻雨随春至，
万壑冰寒渐日开。
豪饮一杯提剑起，
穷追千马挑灯来。
列强对垒枪声落，
敌寇纷争炮火追。
敢与苍穹相望笑，
夺回天地扫愁哀。

三

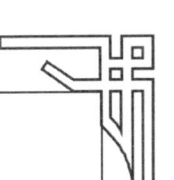

穹日缤纷探草木，
而今又忆旧时凉。
补丁粗食曾含背，
白领丰餐后满肠。
草瓦低房迎冷雨，
泥砖高顶向骄阳。
勤躬劳作经年问，
翻手抬眉已换裳。

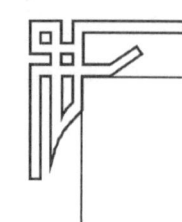

四

雨过轻云探煜日,
群楼看竹节更高。
沃田麦浪如金毯,
大路车流似白涛。
青发学堂增学识,
古稀草地伴拳操。
手机定格斑斓画,
笑满长图面胜桃。